KB251427

인간 실격

人間失格

다자이 오사무 지음
서혜영 옮김

비케북스

다자이 오사무(1909~1948)는 일본 근대 문학을 대표하는 작가로, 패전 이후 일본 사회의 허무와 개인의 붕괴를 누구보다 예민하게 포착한 소설가다. 아오모리현의 대지주 가문에서 태어나 유복한 환경에서 성장했으나, 어린 시절부터 가족과 사회에 대한 소외감과 자기혐오에 강하게 시달렸다. 도쿄제국대학 불문과에 진학했지만 학업에는 적응하지 못했고, 이후 좌익 운동 가담, 약물 중독, 반복된 자살 시도 등 파란만장한 삶을 살았다.

그의 작품 세계는 무력함, 자기 부정, 위장된 삶이라는 정서로 요약된다. 다자이는 자신의 경험을 바탕으로 한 고백적 서사를 통해 사회적 규범과 도덕, 정상성의 이면을 집요하게 파헤쳤다. 《인간 실격》, 《사양》, 《비용의 아내》 등의 작품에서 그는 인간이 사회 속에서 어떻게 스스로 속이며 살아가는지를 냉정하면서도 연민 어린 시선으로 그려냈다.

다자이의 문체는 솔직하고 직설적이면서도 아이러니와 유머를 잃지 않는다. 절망을 말하면서도 독자를 완전히 밀어내지 않는 그의 글은, 시대 정신과도 같은 불안과 소외에 노출된 현대 독자와 공명한다. 다자이는 1948년 연인과 투신하여 생을 마감했지만, 그의 작품은 지금도 삶과 죽음 사이의 가장 솔직한 고뇌로서 일본을 넘어 세계 독자들에게 깊이 읽히고 있다.

일러두기

– 모든 주는 옮긴이 주다.

– 이 책의 맞춤법은 '한글 맞춤법'의 허용 기준을 따르는 것을 원
칙으로 하였다.

서문

나는 그 남자가 찍힌 사진을 세 장 보았다.

첫 번째는 그 남자의 유년 시절 사진이다. 대략 열 살쯤 되었을까, 사진 속에서 그 아이는 여러 여자들에게 둘러싸여(그들은 누나, 여동생, 그리고 사촌 누이쯤으로 보였다) 굵은 줄무늬 하카마를 입고 정원 연못가에 서서, 고개를 왼쪽으로 약간 기울인 채 흉하게 웃고 있다. 흉하게? 외모에 둔감한 사람들(즉, 미추에 별 관심 없는 사람들)이라면 그냥 시큰둥하게,

"귀여운 도련님이네요."

하고 적당히 빈말을 해도 부자연스럽게 들리지 않을 정도로, 이른바 통속적인 '귀여움'의 흔적이 그 아이의 웃는 얼굴에 전혀 없지는 않았다. 그러나 미추에 대해 조금이라도 훈련된 사람이 본다면 단번에,

"세상에, 기분 나쁜 아이야."

하고 중얼거리며 송충이라도 털어내듯이 그 사진을 던져버릴지 모른다.

정말이지 그 아이의 웃는 얼굴은 자세히 보면 볼수록 뭐라 표현할 수 없는 으스스하고 불쾌한 기운이 느껴진다. 애초에 그것은 웃는 얼굴이 아니다. 그 아이는 전혀 웃고 있지 않다. 그 증거로 아이는 양손 주먹을 꽉 쥐고 서 있다. 사람은 주먹을 꽉 쥐고서는 웃을 수 없다. 원숭이다. 원숭이의 웃는 얼굴이다. 단지 얼굴에 추힌 주름을 잡고 있을 뿐이다. '쭈글쭈글 도련님'이라고 말하고 싶어질 만큼 참으로 기묘하고 어딘가 불결

하고, 이상하게 사람을 짜증 나게 만드는 표정의 사진이었다. 나는 지금까지 이런 괴상한 표정의 아이를 한 번도 본 적이 없었다.

두 번째 사진 속에서 그 남자의 얼굴은, 사람을 놀라게 할 만큼 크게 변해 있었다. 학생 시절의 모습이다. 고등학교 때의 사진인지 대학 때의 사진인지는 확실하지 않지만, 어쨌든 무서울 정도로 잘생긴 얼굴이다. 하지만 신기하게도 이 역시도 살아 있는 인간이라는 느낌이 들지 않는다. 교복 가슴팍의 주머니 밖으로 하얀 손수건을 살짝 드러나게 하고 등나무 의자에 다리를 꼬고 앉아, 역시 웃고 있다. 이번 웃음은 주름투성이 원숭이 같은 웃음이 아니라 상당히 능숙해 보이지만, 그래도 인간의 웃음과는 어딘가 다르다. 피의 무게랄까 생명의 깊이라 할까, 그런 충실함이 조금도 없다. 그야말로 새가 아니라 새의 깃털처럼 가볍게, 그저 백지 한 장처럼, 그렇게 웃고 있다. 즉, 하나부터 열까지 모두 만들어진 느낌이다. 멋을 부렸다고 하기에도, 경박하다고 하기에도 부족하다. 능글맞다고 해도 부족하다. 멋쟁이라고 해도 물론 부족하다. 게다가 자세히 들여다보면, 이 잘생긴 학생에게서도 역시 어딘가 괴담 속의 인물 같은 꺼림칙한 기운이 느껴진다. 나는 지금까지, 이처럼 이상하게 잘생긴 청년을 한 번도 본 적이 없었다.

마지막 사진은 가장 기괴하다. 나이를 도무지 가늠할 수 없다. 머리에는 희끗한 백발이 섞여 있다. 몹시 더러운 방(벽이 세 군데쯤 무너져 있는 것이 사진에 뚜렷이 보인다) 구석에서 작은 화롯불에 양손을 쬐고 있는데, 이번에는 웃고 있지 않다. 그 어떤 표정도 없다. 말하자면 앉아서 화롯불을 쬐다가 그대로 죽은 것 같은, 실로 혐오스럽고 불길한 느낌을 주는 사진이었다. 기괴한 점은 그뿐만이 아니었다. 그 사진에는 얼굴이 꽤 크게 찍혀 있어서, 나는 그 얼굴의 윤곽을 찬찬히 살펴볼 수 있었는데, 이마는 평범하고, 이마의 주름도 평범하고, 눈썹도 평범하고, 눈도 평범하고, 코도 입도 턱도, 아, 이 얼굴에는 표정이 없을 뿐 아니라 인상조차 없었다. 그러니까 특징이 없었다. 예를 들어 내가 이 사진을 보고 눈을 감는다고 하자. 나는 이미 이 얼굴을 잊어버린다. 방의 벽이나 작은 화로는 떠올릴 수 있지만, 그 방 주인의 인상은 순식간에 안개처럼 사라져 아무리 떠올리려 해도 도무지 떠오르지 않는다. 그림이 그려지지 않는 얼굴이다. 그 어떤 그림으로도, 만화로도 그릴 수 없는 얼굴이다. 눈을 뜬다. 아, 이런 얼굴이었군, 기억났어, 하는 기쁨조차 없다. 극단적으로 말하자면 눈을 뜨고 그 사진을 다시 봐도 기억이 나지 않는다. 그저 불쾌하고 짜증이 나서, 얼른 눈을 돌리고 싶어질 따름이다.

말하자면 '죽음의 냄새가 나는 얼굴'이다. 그런 얼굴에도 어떤 표정이나 인상이 있을 텐데, 인간의 몸에 짐 끄는 말의 머리를 붙여놓으면 이런 느낌일까. 어딘가 딱히 그렇다기보다는 어쨌든 보는 사람을 소름 돋게 하고 기분 나쁘게 만든다. 나는 지금까지 이런 이상한 얼굴을 한 번도 본 적이 없었다.

첫 번째 수기

○

부끄러움 많은 일생을 살아왔습니다.

저는 인간의 삶이란 것이 뭔지 종잡을 수 없습니다. 저는 도호쿠 지방의 시골에서 태어났기 때문에, 기차를 처음 본 것은 제법 나이를 먹고 나서였습니다. 저는 정거장의 육교를 오르락내리락하면서도 그것이 선로를 건너기 위해 만들어진 시설이라는 사실은 전혀 알지 못하고, 단지 정거장 구내를 외국의 놀이공원처럼 복잡하고 즐겁게, 세련되게 만들기 위해 설치되었다고만 생각했습니다. 꽤 오랜 시간 동안 그렇게 생각했습니다. 육교 위를 오르내리는 것은 저에게는 꽤 세련된 놀이처럼 느껴졌고, 그것은 철도 서비스 중에서도 가장 멋진 서비스 중 하나라고 여겼는데, 나중에 그것이 단지 승객이 선로를 건널 수 있게 만들어놓은 계단에 불과하다는 사실을 알고 나서는 갑자기 흥이 깨졌습니다.

또한, 저는 어릴 적에 그림책에서 지하철이라는 것을 보고 이것도 역시 실용적인 필요에서 고안된 것이 아니라, 지상에서 차를 타는 것보다 지하에서 차를 타는 편이 색다르고 재미있는 놀이이기 때문에 그렇게 만들어졌다고만 생각했었습니다.

저는 어릴 때부터 몸이 약해서 자주 누워 지냈는데, 누워 있으면서 시트, 베갯잇, 이불 커버가 참 시시한 장식물이라고 생각했습니다. 그러나가 스무 살에 가까워져서야 그것들이 생각과는 달리 단지 세탁의 편의를 위한 것이었음을 알고,

인간은 이렇게까지 알뜰하게 살아야 하는가 하는 생각에 서글퍼졌습니다.

또한, 저는 배고픔이라는 것을 알지 못했습니다. 아니, 그것은 제가 의식주에 부족함이 없는 집에서 자랐다는 뜻이 아니라, 그런 어처구니없는 의미에서가 아니라, '배고픔'이라는 감각 자체가 어떤 것인지 전혀 알지 못했다는 뜻입니다. 이상하게 들릴지 모르지만 배가 고파도 스스로 그걸 느끼지 못했습니다. 초등학교, 중학교 때 학교에서 돌아오면 주변 사람들이 "배고프지? 우리도 학교 다닐 때 그랬어. 학교 끝나고 나면 배가 정말 고프잖니. 아마낫토*라도 먹을래? 카스텔라도 있고 빵도 있단다"라며 소란을 피우곤 했습니다. 저는 타고난 아부 정신을 발휘해 배가 고프다고 중얼거리며 아마낫토 열 알쯤을 입에 집어넣었지만, 배고픔이라는 감각이 어떤 것인

---

* 당밀에 조린 콩이나 팥을 설탕에 굴린 과자.

지 전혀 몰랐습니다.

그야 저도 물론 많이 먹긴 했지만, 배고픔 때문에 먹은 기억은 거의 없습니다. 특별하다고 생각되는 것을, 호화롭다고 여겨지는 것을 먹었습니다. 또 남의 집에 가서 나온 음식은 억지로라도 거의 다 먹었습니다. 어린 시절 저에게 가장 괴로운 시간은 바로 집에서 식사하는 시간이었습니다. 저의 고향 집에서는 열 명 정도 되는 가족이 두 줄로 마주 보게 놓인 일인용 밥상 앞에 각각 앉아 밥을 먹었는데, 막내인 저는 당연히 가장 낮은 자리에 앉았습니다. 식사하는 방은 어둑어둑했고, 점심시간이면 열 명 남짓한 가족이 모여 그저 묵묵히 밥을 먹고 있는 모습을 볼 때마다 저는 늘 쓸쓸하고 으스스한 기분이 들곤 했습니다. 또 전통적인 지방의 정서가 강한 집이라 반찬도 거의 정해져 있었고, 특별하거나 호화로운 음식 같은 건 엄두도 낼 수 없었기에, 저는 점점 식사 시간이 싫어졌습니다. 그 어둑한 방 말석에 앉아 추위에 떨면서 조금씩 밥을 입에 넣고 억지로 삼키곤 했습니다. ‘사람은 왜 하루에 세 번씩 꼬박꼬박 밥을 먹어야 할까?’, ‘모두가 엄숙한 얼굴로 먹고 있는데 이것도 일종의 의식 같은 걸까?’, ‘가족이 하루 세 번 정해진 시간에 어둑한 방에 모여 밥상을 질서 있게 차려놓고, 먹고 싶지 않아도 고개를 숙이고 말없이 밥을 씹고 있는 것은, 집 곳곳에 어른거리는 영혼들에게 기도하기 위한 것일지도 모르겠다’라는 생각까지 들 정도였습니다.

밥을 먹지 않으면 죽는다는 말은 제 귀에는 그저 듣기 싫은 소리일 뿐이었습니다. 이 미신은 (지금도 저에게는 어쩐지 미신처럼 여겨져서 어쩔 수 없습니다만) 언제나 저에게 불안감과 두려움을 주었습니다. 사람은 먹지 않으면 죽기 때문에, 밥을 먹기 위해 일해야 한다는 말은 저에게는 그 무엇보다도 이해하기 어렵고 난해했으며, 동시에 위협적이었습니다.

이렇듯 저는 인간의 일상적인 삶의 방식이라는 것을 아직도 전혀 이해하지 못한다고 해야 할 듯합니다. 저의 행복에 대한 관념과 다른 모든 세상 사람들의 행복에 대한 관념이 완전히 어긋나 있는 것 같은 불안감. 그 불안감 때문에 저는 밤마다 뒤척이고 신음하고, 거의 미쳐버릴 뻔한 적도 있습니다. 저는 과연 행복한 사람일까요? 어릴 적부터 정말 자주 행운아라는 말을 들어왔지만, 정작 저는 항상 지옥에 있는 것 같은 심정이었으며, 저를 행운아라고 말하는 사람들이 도리어 비교할 수 없을 정도로 훨씬 더 행복해 보였습니다.

저에겐 재앙의 덩어리가 열 개 있는데, 그중 하나라도 이웃이 짊어지게 된다면, 그 한 가지만으로도 충분히 그 사람의 생명을 앗아갈 수 있지 않을까 하고 생각한 적도 있었습니다.

즉, 저는 모릅니다. 이웃이 겪는 고통의 성질과 정도를 전혀 가늠하지 못합니다. 실재적인 고통, 단지 밥을 먹을 수 있으면 해결되는 고통, 그것이야말로 가장 강렬하고 극심한 아픔이요, 제가 말한 열 개의 재앙 따위는 날아가 버릴 정도로 처참한 아비규환의 지옥일지도 모릅니다. 그런데 모르겠습니다. 어떻게 사람들은 그런 고통을 겪고 있으면서도 자살하지 않고 미치지 않고 정치를 논하고, 절망하지 않고 굴복하지 않으면서 생활 속에서의 싸움을 계속할 수 있을까요. 그것은 그들이 괴롭지 않기 때문이 아닐까? 완전한 이기주의자가 되어놓고, 더구나 그걸 당연한 일이라고 확신하면서, 한 번도 자신을 의심한 적이 없는 게 아닐까? 그렇다면 편할 것이다. 하지만 인간이라는 존재는 모두 그런 존재라고 하면 그것으로 된 것일까? 모르겠다……. 밤에는 깊이 잠들고, 아침에는 상쾌한 기분일까? 어떤 꿈을 꾸고 있을까? 길을 걸으며 무슨 생각을 할까? 돈? 설마, 그것뿐일 리 없을 텐데. 인간은 밥을 먹기 위해 산다는 말은 들어본 적이 있지만,

돈을 위해 산다는 말은 들어본 적이 없다. 아니, 하지만 경우에 따라서는…… 아니, 그것도 모르겠다.

……생각하면 할수록 알 수 없어지고, 혼자만 별난 것 같은 불안과 두려움에 사로잡힐 뿐입니다. 저는 이웃과 거의 대화를 할 수 없습니다. 무엇을 어떻게 말해야 좋을지 모르겠습니다.

그래서 생각해 낸 것이 어릿광대 연기였습니다.

그것은 인간에 대한 저의 마지막 구애였습니다. 저는 인간을 극도로 두려워하면서도 인간을 도저히 포기하지는 못했던 것 같습니다. 그리고 저는 이 어릿광대 연기라는 한 가닥 선으로 겨우 인간과 연결될 수 있었습니다. 그것은 겉으로는 언제나 웃는 얼굴을 하고 있지만 속으로는 필사적인, 그야말로 천 번 중에 한 번 가능할까 말까 한 위기일발의, 식은땀을 흘리며 하는 서비스였습니다.

어렸을 때부터 저는 제 가족들조차 그들이 얼

마나 괴로워하는지, 어떤 생각을 가지고 사는지 전혀 알 수 없었습니다. 단지 그 어색함을 견딜 수 없어서 일찌감치 어릿광대 연기를 몸에 익히게 되었습니다. 즉, 저는 어느새 진실은 한마디도 말하지 못하는 아이가 되어버렸던 겁니다.

그 시절 가족들과 함께 찍은 사진을 보면, 다른 사람들은 모두 진지한 얼굴을 하고 있는데 꼭 저만 혼자 이상하게 얼굴을 일그러뜨린 채 웃고 있습니다. 이것 또한 저의 어리고 슬픈 어릿광대 연기였습니다.

또한 저는 부모, 형제, 친척들로부터 무슨 말을 들었을 때, 단 한 번도 말대꾸를 한 적이 없었습니다. 가벼운 꾸중 한마디도 제게는 청천벽력처럼 강하게 다가와서 말대꾸를 하기는커녕 그 꾸중 자체가 마치 인간의 절대 '진리'임에 틀림없다고 생각했습니다. 그리고 저에게는 그 진리를 실천할 힘이 없으니까, 더 이상 인간과 함께 살 수 없는 게 아닐까 하고 믿어버렸습니다. 그래서 저는 언쟁도 자기변명도 할 수 없었습니다. 누군가가 저를 나쁘게 말하면 정말로 제가 뭔가를 심히 잘못한 것은 아닌가 하는 기분이 들어, 항상 그 공격을 묵묵히 받아들이면서 속으로는 미칠 듯한 두려움을 느꼈습니다.

누구나 다른 사람에게서 비난을 받거나 혼날 때 기분이 좋지는 않겠지만, 저는 화를 내는 사람의 얼굴에서 사자나 악어, 용보다도 더 무서운 동물의 본성을 봅니다. 평소에는 그 본성을 숨기고 있지만, 어떤 계기로, 예를 들어 소가 초원에서 느긋하게 누워 있다가 갑자기 꼬리로 배에 있는 쇠파리를 쳐 죽이는 것처럼, 불시에 인간의 무서운 모습이 분노를 통해 드러나는 것을 보면, 저는 항상 머리카락이 쭈뼛 설 정도로 전율을 느낍니다. 그리고 이 본성도 어쩌면 인간이 살아가는 데에 필요한 자격 중 하나일지도 모른다는 생각에 그것이 결여된 저 자신에게 거의 절망감을 느끼곤 했습니다.

늘 인간에 대한 두려움에 떨고, 또한 인간으로서의 저 자신의 말과 행동에 조금도 자신감을 갖지 못한 채 고뇌를 가슴속 작은 상자에 감춰두고, 그 우울함과 자신 없음을 철저히 숨긴 채 오직 천진난만한 낙천성을 가장하면서, 저는 어릿광대이자 괴짜로 점점 완성되어 갔습니다.

'어떻게 하든 상관없으니 웃기기만 하면 된다, 그러면 내가 사람들이 말하는 '생활' 속에 들어가 있지 못하더라도 크게 신경 쓰지 않을 것이다. 어쨌든 그 인간들의 눈에 거슬리지 않아야 한다. 나는 무(無)다, 바람이다, 하늘이다'라는 생각만 나날이 더해져 갔습니다. 그러면서 저는 어릿광대 연기를 통해 가족을 웃겼고, 가족보다도 더 이해할 수 없고 무서운 하인들에게까지도 필사적으로 어릿광대로서 서비스를 했습니다.

저는 여름에 유카타 아래에 빨간 털실 스웨터를 입고 복도를 걸어다녀서 집안사람들을 웃게 만들었습니다. 좀처럼 웃지 않는 큰형도 그것을

보고 웃음을 터뜨리며,

"그거, 요짱, 그건 안 어울려."

라고 귀여워서 참을 수 없다는 듯이 말했습니다. 뭐, 저도 한여름에 털실 스웨터를 입고 다닐 정도로, 아무리 그래도 그렇게 더위와 추위를 모르는 괴짜는 아닙니다. 누나가 털실로 짠 각반*을 양팔에 끼운 다음, 유카타 소매 끝으로 살짝 내보이게 하여 마치 스웨터를 입은 것처럼 꾸몄을 뿐이었습니다.

아버지는 도쿄에 볼일이 많은 분이셔서, 우에노 사쿠라기초에 별장을 가지고 계셨고, 한 달의 대부분을 도쿄의 그 별장에서 지내셨습니다. 그리고 돌아오실 적에는 가족뿐만 아니라 친척들에게까지 정말 엄청난 양의 선물을 사오시는 게, 뭐 아버지의 취미 같은 것이었습니다.

언젠가 아버지께서 도쿄로 올라가시기 전날

---

* 걸음을 걸을 때 발목 부분을 가뜬하게 하기 위하여 발목에서부터 무릎 아래까지 돌려 감거나 싸는 띠.

밤 아이들을 응접실에 모아놓고는, 이번에 돌아올 때 어떤 선물을 받고 싶냐고 한 명 한 명 웃으며 물어보시고, 그 대답을 하나하나 수첩에 적으셨습니다. 아버지가 이렇게 아이들과 친근하게 지내시는 것은 드문 일이었습니다.

"요조는?"

하고 물으셨을 때, 저는 말문이 막히고 말았습니다.

무엇을 갖고 싶냐는 질문을 듣는 순간, 아무것도 갖고 싶지 않아집니다. '아무래도 좋아. 어차피 나를 즐겁게 해줄 무언가는 없을 거야'라는 생각이 살짝 고개를 드는 겁니다. 그와 동시에, 누가 주는 것을, 아무리 제 취향에 맞지 않아도 거절하지 못했습니다. 싫은 것을 싫다고 말하지 못하고, 좋아하는 것을 받을 때에도 훔치다가 들킨 사람처럼 받았습니다. 그러고 나면 몹시 씁쓸했고 말로 다 할 수 없는 두려움이 밀려와 어쩔 줄 몰라 했습니다. 즉, 저에게는 좋은 건 좋다, 싫은 건 싫다고 말할 힘조차 없었던 것입니다. 이것이 훗날 이른바 '부끄러움 많은 일생'을 살게 된 주요한 원인 중 하나였던 것 같습니다.

제가 입을 다물고 머뭇거리고 있으니까, 아버지는 조금 언짢은 얼굴을 하며 말했습니다.

"역시 책이구나. 아사쿠사의 나카미세*에서 설날 사자춤 출 때 아이들이 쓰고 놀 수 있는 사자춤 가면을 팔던데, 그건 갖고 싶지 않니? 책 말고."

'갖고 싶지 않니'라는 물음에 저는 더 이상 아무 대답도 할 수 없었습니다. 어릿광대식의 대답도, 아무것도 할 수 없었습니다. 이때의 어릿광대 연기는 완전히 낙제였습니다.

"책이 좋겠지요."

큰형이 진지한 얼굴로 말했습니다.

"그래."

아버지는 흥미를 잃은 표정으로 '책'이라고 적지도 않고, 수첩을 탁 덮었습니다.

---

* 신사나 사원 경내에 있는 상점가, 아사쿠사에 있는 상점가.

제가 무슨 실수를 저지른 걸까요. 저는 아버지를 화나게 했습니다. 아버지의 복수는 분명 무서울 거라고, 지금 당장 어떻게든 되돌려야 한다고, 그날 밤 이불 속에서 덜덜 떨며 생각했습니다. 그리고 살며시 일어나 응접실로 가서 아버지가 아까 수첩을 넣어둔 책상 서랍을 열고, 수첩을 꺼내 페이지를 팔랑팔랑 넘기며 선물 주문란을 찾아냈습니다. 수첩에 꽂혀 있던 연필에 침을 묻혀가며 '사자춤 가면'이라고 적은 다음 잠자리에 들었습니다. 저는 사자춤 가면을 조금도 갖고 싶지 않았습니다. 오히려 책이 더 나았습니다. 하지만 저는 아버지가 그 사자춤 가면을 저에게 사주고 싶어 한다는 것을 깨닫고 아버지의 기분을 풀어드리고 싶은 나머지, 한밤중에 몰래 응접실에 들어가는 모험을 감행했던 겁니다.

그리하여, 저의 이 비상한 수단은 과연 생각했던 대로 큰 성공을 거두었습니다. 얼마 지나지 않아 아버지가 도쿄에서 돌아오셨고, 저는 아버지가 어머니에게 큰 소리로 말하는 것을 아이들 방에서 들을 수 있었습니다.

"나카미세의 장난감 가게에서 이 수첩을 펼쳐 봤더니, 이것 봐, 여기에 '사자춤 가면'이라고 적혀 있더군. 이건 내 글씨가 아니야. 어라? 했는데 문득 생각이 나더군. 이건 요조 이 녀석의 장난이에요. 녀석은 내가 물었을 땐 히죽히죽 웃으며 가만히 있었지만, 그 후에 그 사자춤 가면이 너무너무 갖고 싶어 견딜 수 없었던 거야. 아무튼 별난 녀석이라니까. 아닌 척하더니 결국은 이렇게 써놨어. 그렇게 가지고 싶었으면 그냥 그렇다고 말하면 될 것을. 장난감 가게 앞에서 웃음이 나더라고. 요조를 빨리 이리로 오라고 해요."

또 한편으로 저는 하인들과 하녀들을 양실(洋室, 서양식 방)에 모아놓고, 하인 중 한 명에게 엉망진창으로 피아노 건반을 두드리게 했습니다(시골이긴 했지만, 우리 집에는 웬만한 것들은 다 갖추어져 있었습니다). 그리고 저는 그 엉터리 같은 음

악에 맞춰 인디언 춤을 추어 보여서 모두를 배꼽 잡고 웃게 만들었습니다. 둘째 형이 플래시를 터뜨리며 저의 인디언 춤을 사진으로 찍었는데, 그 완성된 사진을 보니, 허리에 두른 천(그건 사라사 무늬의 보자기였습니다)의 이음매가 벌어져서 작은 고추가 보였습니다. 이것 또한 집안사람 모두를 폭소를 터트리게 한 사건이었습니다. 저로서는, 이 역시 뜻밖의 성공이었을지도 모릅니다.

저는 매달 열 권이 넘는 신간 소년 잡지를 정기 구독하고 있었고, 그 외에도 다양한 책들을 도쿄에서 따로 주문해 조용히 읽고 있었기 때문에, 메차라쿠차라(뒤죽이박죽이) 박사라든가 난자몬자(뭐니뭔데) 박사 같은 만화 캐릭터들과는 무척 익숙했고, 또한 괴담이나 야담, 만담, 에도* 단편 같은 장르에도 꽤 정통했습니다. 그래서 진지한 표정으로 익살스럽게 이야기를 풀어가서

집안 식구들을 웃기는 것은 전혀 어려운 일이 아니었습니다.

하지만, 아아, 학교!

저는 그곳에서는 웃기는 걸 넘어 존경받을 뻔했습니다. 그러나 '존경받는다'는 것은, 저에게는 매우 두려운 일이었습니다. 저는 거의 완벽에 가깝게 사람들을 속이고 있었습니다. 그래서 어떤 전지전능한 사람에게 저의 실체를 간파당해 산산조각 나고, 죽기보다 더 수치스러운 망신을 당하게 되는 것, 그것이 제가 생각하는 '존경받는다'는 상태의 정의였습니다. 사람들을 속여서 '존경받는다' 한들 그 속임수를 누군가 한 사람은 알고 있습니다. 머지않아 그 사람이 다른 이들에게 그것을 알려줄 것이며, 그러면 사람들은 자신들이 속았다는 사실을 깨닫게 될 겁니다. 그때 터져 나올 분노와 복수심이 도대체 이떨지, 상상만 해도 온몸의 털이 곤두설 정도로 오싹했습니다.

저는 부잣집에서 태어났다는 사실보다는 소

위 말하는 '성적이 좋다'는 점 때문에 학교 전체에서 존경을 받을 뻔했습니다. 저는 어릴 적부터 병약하여, 한두 달 혹은 한 학년 가까이 앓아누워 학교를 쉬기도 했습니다. 그런데도 이제 겨우 병이 나은 몸으로 인력거를 타고 학교에 가서 학년 말 시험을 보면, 반 친구들 중 누구보다도 '성적이 좋게' 나왔습니다. 몸 상태가 좋을 때도 전혀 공부하지 않았고, 학교에 가서도 수업 시간에 만화 따위를 그렸고, 쉬는 시간에는 그것을 반 친구들에게 설명해 주며 웃기곤 했습니다. 또, 작문에는 우스개 같은 이야기만 써서 선생님한테 주의를 받았지만, 멈추지 않았습니다. 선생님이 사실은 내 그 우스운 이야기를 몰래 즐기고 있다는 것을 저는 알고 있었기 때문입니다. 어느 날, 저는 여느 때처럼, 어머니와 함께 상경하는 기차에서 객차 복도에 있는 가래침 뱉는 통에 오줌을 눠버린 실수담을(하지만 그 상경 때 저는 가래침 뱉는 통인 줄 모르고 그런 것이 아니었습니다. 어린 아이의 순진함을 가장해 의도적으로 그렇게 한 것이었습니다) 일부러 슬픈 이야기처럼 가장하여 써서 제출했습니다. 선생님이 분명히 웃을 거라고 생각하고 교무실로 돌아가는 선생님을 몰래 따라가 봤습니다. 선생님은 교실을 나서자마자 제가 쓴 글을 골라내어 복도를 걸으면서 읽기 시작했습니다. 킥킥 웃더니 이윽고 교무실에 들어가서는 다 읽은 듯 얼굴을 붉히고 큰 소리로 웃으며 다른 선생님에게도 바로 그걸 읽게 했습니다. 그 모습을 확인한 저는 무척 안심이 되었습니다.

장난꾸러기.

저는 이른바 장난꾸러기로 보이는 데에 성공했습니다. 존경받는 것으로부터 도망치는 일에 이렇게 하여 성공한 겁니다. 통지표에는 다른 모든 과목이 만점이었지만, 품행만은 칠 점이거나 육 섬이었고, 그 점이 또한 집안사람들의 큰 웃음거리가 되었습니다.

하지만 저의 본성은 그런 장난꾸러기와는 거

리가 멀었습니다. 그 무렵, 이미 저는 하녀와 하인들에게서 슬픈 일을 배웠고, 더럽혀져 있었습니다. 저는 지금은, 어린아이에게 그런 짓을 하는 것은 인간이 저지를 수 있는 짓 중에서도 가장 흉악하고 저열하며 잔인한 범죄라고 생각합니다. 하지만 그때는 참았습니다. 이것으로 하나 더 인간의 특질을 본 것 같다는 생각마저 들어서, 힘없이 웃어넘겼습니다. 만약 저에게 진실을 말하는 습관이 있었더라면, 거리낌 없이 그들의 범죄를 아버지나 어머니에게 호소할 수 있었을지도 모릅니다. 하지만 저는 저의 아버지와 어머니도 전적으로 신뢰할 수는 없었습니다. 인간에게 호소한다, 저는 그 수단에 전혀 기대를 걸 수 없었습니다. 아버지에게 말해도, 어머니에게 말해도, 경찰에게 말해도, 정부에 말해도, 결국은 처세에 능한 사람이 그 능숙한 혀로 저를 몰아붙여 넘어가는 식으로 끝나지 않을까, 하고 생각했습니다.

반드시 편파적일 거라는 걸 너무나도 뻔히 알고 있었습니다. 어차피 인간에게 호소하는 것은 소용없습니다. 저는 역시 무엇을 밝히기보다는 아무 말도 하지 않은 채, 참고 견디며, 그렇게 어릿광대 연기를 계속하는 수밖에 없다고 결론지었습니다.

뭐야, 인간에 대한 불신을 말하는 건가? 허어? 너 언제 기독교도가 된 거니? 하고 비웃는 사람이 있을지도 모르겠지만, 하지만 인간에 대한 불신이 반드시 종교의 길로 곧장 이어지지는 않는다고, 저는 생각합니다. 실제로 그런 비웃는 사람들까지 포함해서, 인간은 서로에 대한 불신 속에서, 여호와니 뭐니 전혀 의식하지 않고, 아무렇지도 않게 살아가고 있지 않습니까.

어린 시절의 일 하나가 생각납니다. 아버지가 속해 있던 어느 정당의 유명 인사가 이 마을에 연설하러 온 날, 저는 하인들에게 이끌려 극장에 연설을 들으러 갔습니다. 만원 극장에는 아버지와 친하게 지내던 사람들이 모두 나왔고, 그 사람들은 하나같이 크게 박수를 쳤습니다. 그런 데 연설이 끝나고 사람들은 눈 내리는 밤길을 삼삼오오 무리를 지어 귀가하면서, 이번 연설회에 대해 험담을 해대는 것이었습니다. 그중에는 아버지와 특히 가까운 사람의 목소리도 섞여 있었습니다. 이른바 아버지의 '동지들'이 아버지의 개회사도 형편없었고, 예의 그 유명 인사의 연설도 도대체 무슨 말인지 하나도 알아들을 수 없었다고 분노 섞인 말투로 말하고 있었습니다. 그런 사람들이 우리 집에 들러 응접실에 올라와서는, 오늘 밤의 연설회는 대성공이었다며 진심으로 기쁜 얼굴을 하고 아버지에게 말하더군요. 하인들조차도 어머니가 오늘 밤의 연설회는 어땠냐고 물으니, 무척 재미있었다고 태연하게 대답했습니다. 돌아오는 길 내내, 연설회처럼 재미없는 것도 없다며 자기들끼리 수군대 놓고 말입니다.

하지만, 이런 일은 정말 아주 사소한 장면에

지나지 않습니다. 인간의 생활 속에는 서로가 서로를 속이면서도, 이상하리만치 아무런 상처도 입지 않고, 심지어는 서로 속이고 있다는 사실조차 눈치채지 못하는 것처럼 보이는, 실로 선명한, 그야말로 맑고 밝고 명랑한 불신의 장면이 충만해 있는 듯합니다. 그러나 저는 서로 속이는 행위 자체에 대해서는 별다른 흥미가 없습니다. 저 자신도 어릿광대 연기를 하면서, 아침부터 밤까지 사람들을 속이고 있으니까요. 저는 도덕 교과서에 나올 법한 정의나 도덕 따위에도 별로 관심이 없습니다. 저는 서로 속이고 있으면서도 맑고 밝고 명랑하게 살아가는, 혹은 그런 식으로 살 수 있는 자신감을 가진 인간들이 어떻게 그럴 수 있는지가 정말 궁금했습니다. 인간은 끝내 저에게 그 '비밀'을 가르쳐 주지 않았습니다. 그것만 알았더라면 저는 이렇게까지 인간을 두려워하지 않았을 것이며, 이토록 필사적으로 어릿광대 '서비스'를 하지 않고 지낼 수 있었을 겁니다.

사람들의 삶에 끼지 못한 채, 밤마다 지옥 같은 고통을 맛보지 않아도 되었겠지요. 즉, 제가 남녀 하인들이 저지른, 그 미움받아 마땅한 범죄조차 아무에게도 말하지 않은 것은, 인간에 대한 불신 때문이 아니라, 또한 기독교적인 어떤 이유 때문도 아니라, 인간들이 저 요조가 하는 말을 신뢰하지 않을 거라고 생각했기 때문입니다. 심지어 부모조차도, 저로서는 이해할 수 없는 면모를 가끔씩 보여주곤 했으니까요.

그리고 훗날 그, 아무한테도 털어놓지 않은 저의 고독의 냄새를 수많은 여성들이 본능적으로 감지하여 제게 꼬여든 것은 아닐까 합니다.

즉, 저는 여성들이 보기에 사랑의 비밀을 지켜줄 수 있는 남자였던 셈입니다.

두 번째 수기

　　바다가 바라보이는 기슭에, 파도가 밀려오는 가장자리라 해도 좋을 만큼 바다에 가까운 그곳에, 줄기가 새까만 나무껍질로 덮인 제법 큰 산벚나무들이 스무 그루 넘게 줄지어 서 있었습니다. 새 학년이 시작되면, 산벚나무는 끈끈한 갈색 어린잎들과 함께 푸른 바다를 배경으로 눈부신 꽃을 활짝 피워냈습니다. 이윽고 꽃보라가 흩날리는 시기가 되면, 수많은 꽃잎들이 바다로 떨어져 수면 위를 수놓듯 부유하다가 파도에 실려

다시 해안가로 밀려왔습니다. 그 벚꽃이 흩날리는 모래사장을 그대로 운동장으로 사용하는, 도호쿠 지방의 한 중학교에, 저는 제대로 된 입시 공부도 하지 않았는데 무사히 입학할 수 있었습니다. 그 중학교의 모자 휘장에도, 교복 단추에도 벚꽃이 새겨져 피어 있었습니다.

그 중학교 바로 근처에 먼 친척 집이 있다는 이유도 있어서, 아버지가 바다와 벚꽃이 있는 그 학교를 저에게 골라주셨던 겁니다. 저는 그 친척 집에 맡겨졌고, 학교가 가까이에 있어서, 조회 종소리를 듣고 나서야 학교로 달려가는 꽤나 게으른 중학생이었습니다. 그래도 늘 해오던 어릿광대 연기 덕분에 날이 갈수록 반 친구들의 인기를 얻어갔습니다.

태어나서 처음으로 타지에 나오게 된 셈이었지만, 저에게는 그 타향살이가 고향에서의 생활보다 훨씬 마음 편하게 느껴졌습니다. 특유의 어릿광대 연기가 그 무렵에는 완전히 몸에 밴 상태여서, 예전만큼 애를 쓰지 않아도 사람들을 속여 넘길 수 있게 되었기 때문이라고 설명할 수도 있겠지만, 단지 연기력이 향상되어서라기보다도 부모 형제와 타인, 고향과 타지 사이에는 그 앞에서 연기할 때 연기의 난이도 차이가 있어서가 아닐까요. 어떤 천재도, 가령 신의 아들 예수조차도 무시할 수 없는 그런 차이. 배우에게 가장 연기하기 어려운 장소는 고향의 무대일 것입니다. 더구나 부모 형제와 친척들이 모두 한자리에 모여 앉아 있는 방에서는 아무리 뛰어난 명배우라 해도 제대로 연기하기가 어려울 겁니다. 하지만 저는 연기해 왔습니다. 게다가 그것이 꽤 성공을 거두었습니다. 그런 제가 타지로 나와서 만에 하나라도 연기에 실패한다는 건 있을 수 없는 일이었습니다.

저의 인간에 대한 공포는 예전 못지않게, 어쩌면 그 이상으로 가슴 깊은 곳에서 꿈틀거리고 있었습니다. 그러나 연기만큼은 쑥쑥 성장해서,

교실에서는 언제나 반 친구들을 웃게 만들었습니다. 선생님도 "이 반은 오바 요조만 없으면 참 좋은 반인데 말이야"라며 탄식의 말을 하면서도, 손으로 입을 가리고 웃곤 했습니다. 저는, 천둥같이 거칠고 사나운 소리를 지르던 그 무서운 훈련 교관마저도, 너무나 쉽게 웃음을 터뜨리게 할 수 있었습니다.

이제는 저의 정체를 완전히 숨기는 데 성공한 것이 아닐까 하고 안도의 한숨을 내쉬려던 찰나에 저는 정말 뜻밖에도 등 뒤에서 날아온 칼에 찔렸습니다. 등을 찌르는 자의 전형적인 모습이 늘 그렇듯이, 그 녀석은 반에서 가장 왜소한 체격에 얼굴은 핼쑥하게 부어 있었고, 분명히 물려받은 헌 옷으로 보이는, 소매가 쇼토쿠 태자의 옷처럼 길게 늘어진 상의를 입고 다녔습니다. 학과 성적은 형편없었고 군사 훈련이나 체육 시간도 늘 구경만 하는, 마치 백치처럼 보이는 학생이었습니다. 저 역시 그 애만큼은 경계할 필요가 없다고 생각하고 있었습니다.

그날, 체육 시간에 그 아이(성은 지금 기억나지 않지만, 이름은 아마 다케이치였던 것으로 기억합니다), 다케이치는 늘 그렇듯이 수업을 구경하고 있었고, 우리들은 철봉 연습을 하고 있었습니다. 저는 일부러 최대한 엄숙한 얼굴을 하고 철봉을 향해 "에잇!" 하고 외치며 뛰어들었지만, 곧장 철봉이 아니라 멀리뛰기 하던 아이처럼 앞으로 날아가 모래밭에 쿵 하고 엉덩방아를 찧었습니다. 물론 계획된 실패였습니다. 아니나 다를까 모두 폭소를 터뜨렸고, 저도 쓴웃음을 지으며 일어나 바지에 묻은 모래를 털고 있는데, 어느새 다가온 다케이치가 내 등을 툭툭 찌르며 낮은 목소리로 이렇게 속삭였습니다.

"그거. 일부러 그런 거지?"

저는 너무나 놀랐습니다. 일부러 실패했다는 사실을 하필이면 다케이치에게 간파당하다니, 그건 정말 상상조차 하지 못한 일이었습니다. 순간, 세상이 눈앞에서 지옥의 불길에 타오르는 것 같은 기분이 들었고, 속에서 비명이 터져 나오려는 것을 필사적으로 눌렀습니다.

그날 이후 이어진 불안과 공포의 나날.

겉으로는 여전히 서글픈 어릿광대를 연기하며 모두를 웃게 만들고 있었지만, 사이사이에 저도 모르게 무거운 한숨이 나오곤 했습니다. 어떤 행동을 하든 전부 다케이치에게 낱낱이 간파당하고 있다는 생각이 들었고, 언젠가는 분명 그 애가 누구에게든 그 사실을 떠벌리고 다닐 것만 같아, 이마에는 식은땀이 송골송골 맺히고, 미친 사람처럼 이상한 눈빛으로 주위를 괜히 두리번거리곤 했습니다. 가능하다면 다케이치가 비밀을 퍼뜨리지 못하도록 아침부터 밤까지 하루 온종일 한순간도 떨어지지 않고 그 곁에서 감시하고 싶은 마음이었습니다. 그렇게 그 애 곁에 매달리면서 어떻게든 저의 어릿광대 짓이 일부러 하는 '기술'이 아니라 진짜라는 인상을 그 애에게 심어주기 위해 온갖 노력을 다하고, 잘 풀리면 그와 둘도 없는 친구가 될 것이며, 만약 이도 저도 모두 불가능하다면, 차라리 그의 죽음을 바라는 수밖에 없다는 생각까지도 했습니다. 그러나 그를 죽이겠다는 마음만큼은 끝내 생기지 않았습니다. 저는 지금까지 살아오면서 '누가 나를 죽여줬으면' 하고 바란 적은 여러 번 있었지만, 누군가를 죽이고 싶다는 생각을 한 적은 단 한 번도 없었습니다. 그렇게 되면 오히려 싫어하는 상대에게 행복을 안겨주는 일이라고 생각했기 때문입니다.

저는 그를 길들이기 위해, 먼저 얼굴에 위선적인 기독교인 같은 '부드러운' 웃음을 띠고 고개를 30도 정도 왼쪽으로 기울이며 그의 작은 어깨를 가볍게 감싸안고는, 간사스러운 목소리로 제가 하숙하는 집으로 놀러 오라고 그를 초대하곤 했습니다. 그러나 그는 그때마다 언제나 멍한 눈빛을 하고 반응을 보이지 않았습니다. 그러던 어느 날 방과 후, 분명 초여름 무렵의 일이었습니다. 소나기가 흰 빗줄기를 퍼부어서 다들 어쩔 줄 몰라 하고 있는데, 저는 집이 바로 근처라서 아무렇지 않게 밖으로 뛰어나가려다가, 문득 신발장 뒤에 풀 죽어 서 있는 다케이치를 발견했습니다.

"같이 가자, 우산 빌려줄게."

라고 말하며 머뭇거리는 다케이치의 손을 잡아 끌고 함께 소나기 속을 달렸습니다. 집에 도착해서 두 사람의 겉옷을 아주머니에게 말려달라고 부탁한 후, 다케이치를 2층 제 방으로 유인하는 데 성공했습니다.

그 집에는 쉰이 넘은 아주머니와, 서른 살쯤의 안경을 쓴, 아파 보이는 키 큰 누나(이 누나는 한때 타지로 시집갔다가 다시 집으로 돌아온 사람이었습니다. 저는 이 사람을 그 집 사람들을 따라 '아네사[*]'라고 불렀습니다), 그리고 최근 여학교를 갓 졸업한 듯한

---

[*] 집안에서 언니처럼 불리는 여성을 친근하게 부르는 호칭.

셋쨩이라는 이름의, 언니와 달리 키가 작고 동그란 얼굴을 한 여동생, 이렇게 단 세 명의 가족이 살았습니다. 아래층 가게에는 문구류와 운동 기구 몇 가지가 진열되어 있었지만, 주된 수입원은 세상을 떠난 아주머니의 남편이 지어서 남겨놓은 대여섯 채의 연립 주택에서 나오는 임대료인 듯했습니다.

"귀가 아파."

다케이치는 선 채로 그렇게 말했습니다.

"비에 젖었더니 귀가 아파."

제가 살펴보니, 양쪽 귀에 염증이 심했고, 고름이 곧 귓바퀴 바깥으로 흘러나올 것 같은 상태였습니다.

"이거 안 되겠네. 많이 아프겠구나."

저는 과장되게 놀라는 척하며,

"비 오는데, 끌고 나와서 미안해."

라고 '부드럽게' 여자 같은 말투로 사과했습니다. 그리고 아래층으로 내려가서 솜과 알코올을 가져와, 다케이치를 제 무릎에 눕히고 정성껏 귀를 닦아주었습니다. 다케이치도 이게 위선적인 계략이라는 걸 눈치채지 못한 듯,

"너는 분명, 많은 여자를 홀릴 거야."

라고 제 무릎을 베고 누워서 멍청하게 아부할 정도였습니다.

하지만 이 말은, 아마도 다케이치도 의식하지 못했을 정도로 무서운 악마의 예언 같은 것이었다는 사실을, 저는 훗날에야 깨달았습니다. 누군가에게 반한다느니, 여자를 홀릴 거라느니 하는 말은, 너무 천박하고 농담처럼 가볍고 느끼하게 들려서, 아무리 '엄숙'한 자리라도 거기에 그런 말 한마디가 불쑥 얼굴을 내밀면, 순식간에 우울한 성채가 무너지고 그저 허망하고 밋밋해져 버릴 것 같은 기분이 들게 합니다. 그렇지만 원지 않는데도 누군가를 홀릴 거라느니 하는 속된 표현이 아니라, '사랑받는 불안' 같은 문학적인 표현을 쓰면, 딱히 우울한 성채를 무너뜨리지

는 않는 듯하니 참 기묘하다는 생각이 듭니다.

다케이치는 제가 귀에서 흘러나온 고름을 처리해 주자,

"너는, 많은 여자를 홀릴 거야."

라는 바보 같은 아부를 했고, 저는 그때 그냥 얼굴을 붉히며 웃었을 뿐 아무 대꾸도 하지 않았지만, 사실은 어렴풋이 짐작 가는 바도 있었습니다. 하지만 '여자를 홀린다' 같은 말투 때문에 생겨나는 천박한 분위기에 대해, 그런 말을 듣고 짐작 가는 바가 있었다고 쓰는 것은, 거의 라쿠고 속 도련님*의 대사조차 되지 못할 만큼 어리석은 감회를 드러내는 것과 같아서, 저는 결코 그런 장난스럽고 능글맞은 기분으로 '짐작 가는 바가 있었다'고 한 것은 아니었습니다.

저에게 인간 여성은 남성보다 몇 배나 더 이해하기 어려운 존재였습니다. 우리 집안은 여자의

---

* 　라쿠고는 일본 전통 코미디, 만담. 도련님은 가게의 주인의 아들로 어리버리하고 세상 물정 모르는 등장인물이다.

수가 남자보다 많았고, 친척 중에도 여자아이들이 많았으며, 어린 시절 저에 대한 '범죄'를 저지른 여자 하인들도 있었으니, 저는 어릴 때부터 여자들하고만 놀며 자랐다고 해도 과언이 아닐 것입니다. 하지만 그때 저는 정말로 살얼음 위를 걷는 마음으로 그 여자들과 지내왔습니다. 그들과 함께하는 삶은 거의, 정말 종잡을 수 없었습니다. 안개 속을 헤매는 듯했으며, 때때로 호랑이 꼬리를 밟는 것 같은 실수를 저지르고 심한 상처를 입기도 했습니다. 남자에게서 받는 채찍과는 또 다르게, 마치 내출혈처럼 극도로 불쾌하게 속으로 파고들어 쉽게 낫지 않는 상처였습니다.

여자는 끌어당겼다가 밀어내고, 또는 남 앞에서는 저를 깔보고 냉정하게 대하다가도 아무도 없으면 꼭 끌어안습니다. 여자는 죽은 듯 깊이 잠늡니다. 여자는 삶을 자기 위해 사는 게 아닐까 싶을 정도였습니다. 그 밖에도 저는 이미 어린 시절부터 여자를 관찰해 왔는데, 같은 인간이면서도 남자와는 완전히 다른 생명체라는 느낌이었습니다. 그런데 이 이해할 수 없고 방심할 수 없는 존재는 이상하게도 저에게 관심을 보이며 다가오곤 했습니다. ‘홀린다’는 말도, ‘사랑받는다’는 말도, 제 경우에는 전혀 어울리지 않았고, 오히려 ‘관심을 보인다’고 하는 편이 제 실제 상황을 더 잘 설명하는 말일지도 모릅니다.

어릿광대 연기를 하기에는 여자가 남자보다 더, 편했습니다. 제가 어릿광대를 연기할 때, 남자는 아무리 웃어도 결국엔 웃음을 멈췄고, 저 또한 남자들에게 너무 지나치게 어릿광대 짓을 하다 보면 실수를 하게 된다는 것을 알고 있었기에, 반드시 적당한 선에서 멈췄습니다. 하지만 여자는 적당함이라는 걸 모르고 어릿광대 연기를 언제까지고 계속하기를 원했습니다. 저는 그 끝없는 앙코르 요청에 응하다 기진맥진하곤 했습니다. 여자는 정말 잘 웃었습니다. 도대체가 여자는 남자보다 쾌락에 대한 욕구를 더 많이 갖고 있는 듯합니다.

제가 중학교 시절 신세를 진 그 집의 큰딸과 작은딸 역시 시간이 생길 때마다 꼭 2층 제 방에 찾아오곤 했습니다. 그럴 때마다 저는 튀어 오를 것처럼 깜짝 놀랐고, 그리고 그저 겁에 질렸습니다.

"공부해?"

"아뇨."

미소를 지으며 책을 덮고,

"오늘 학교에서 말이죠, 곤보라는 지리 선생님이 있는데……"

마음에도 없는 우스갯소리가 입에서 술술 흘러나옵니다.

어느 날 밤, 작은딸 셋짱이 큰딸 아네사와 함께 제 방에 놀러 와서, 제게 실컷 어릿광대를 연기하게 한 다음 이렇게 말했습니다.

"요짱, 안경 좀 써봐."

"왜?"

"그냥, 한번 써봐. 아네사 안경, 빌려 써봐."

그들은 언제나 이렇게 거친 명령조로 말하곤 했습니다. 어릿광대는 순순히 아네사의 안경을 썼습니다. 그 순간 둘은 깔깔대며 웃었습니다.

"완전 똑같아. 로이드랑 완전 똑같아."

그때는 해롤드 로이드라는 외국 영화 코미디 배우가 일본에서 인기가 있었어요.

저는 일어서서 한 손을 들고,

"여러분!"

하고 말했지요.

"이번에 일본 팬 여러분께……"

라고 한바탕 인사를 하여 또 실컷 웃겼습니다. 그 뒤로 로이드의 영화가 그 마을 극장에 올 때마다 보러 가서 몰래 그의 표정을 연구했습니다.

또 어느 가을밤, 제가 누워서 책을 읽고 있는데, 아네사가 새처럼 재빠르게 방 안으로 들어오더니 느닷없이 제 이불 위에 쓰러져 울기 시작했습니다.

"요짱이 나를 도와줄 거지? 그렇지? 이런 집,

너랑 같이 나가버리고 싶어. 도와줘. 도와줘.”

그런 격한 말을 쏟아내며 다시 흐느껴 울었습니다. 하지만 저로서는 여자가 이런 태도를 보이는 것이 처음이 아니었기 때문에, 아네사의 과격한 말에도 별로 놀라지 않았습니다. 오히려 그 진부함과 공허한 이야기에 흥이 깨져, 살짝 이불에서 빠져나와 책상 위에 있던 감을 깎아 아네사에게 한 조각 건넸습니다. 그러자 아네사는 훌쩍이며 그 감을 먹더니,

“뭐 좀 재미있는 책 없어? 빌려줘.”
라고 말했습니다.

저는 책장 속에서 나쓰메 소세키의 《나는 고양이로소이다》라는 책을 골라 그녀에게 건네줬습니다.

“잘 먹었어.”

아네사는 부끄러운 듯이 웃으며 방을 나갔습니다. 하지만 이 아네사뿐 아니라, 도대체 여자란 어떤 마음으로 살아가고 있는지 알 수가 없습니

다. 여자의 마음을 들여다보는 일은 지렁이의 마음을 들여다보는 것보다 더 복잡하고, 성가시고 내키지 않는 일이었습니다. 다만 여자가 그렇게 갑자기 울음을 터뜨렸을 경우, 달콤한 무언가를 건네주면 그것을 먹고 기분이 풀린다는 사실만큼은 어린 시절부터 경험으로 알고 있었습니다.

셋짱은 친구까지 제 방으로 데려오곤 했는데, 제가 늘 그렇듯이 공평하게 모두를 웃겨주면, 친구가 돌아가고 나서 반드시 그 친구의 험담을 하곤 했습니다. 그 애는 불량소녀니까 조심하라고 말이지요. 그렇다면 굳이 데려오지 않으면 될 텐데, 덕분에 제 방에 찾아오는 손님은 거의 전부 여자들이 되어버렸습니다.

하지만 그것은 아직까지는 다케이치가 한 아첨 섞인 말 "많은 여자를 홀린다"는 이야기의 실현은 결코 아니었습니다. 즉, 저는 일본 도호쿠 지방의 해롤드 로이드에 지나지 않았던 겁니다. 다케이치의 무지한 아첨이 불길한 예언으로 생생하게 살아남아 그 모습을 드러내게 된 것은, 그로부터 또 몇 년이 지난 뒤의 일이었습니다.

다케이치는 또한, 저에게 중대한 선물을 또 하나 주었습니다.

"귀신 그림이야."

어느 날 다케이치가 제 방에 놀러 와서는 한 장의 잡지 삽화를 자랑스럽게 보여주며 그렇게 설명했습니다.

'어?' 하고 생각했습니다. 그 순간 제 인생의 길이 추락하는 방향으로 정해져 버린 게 아닌가 하는, 그런 생각이 지금까지도 지워지지 않습니다. 저는 알고 있었습니다. 그 그림은 고흐의 유명한 자화상에 지나지 않는다는 것을. 우리들이 소년이던 시절, 일본에서는 프랑스의 이른바 인상파 그림이 크게 유행해서 서양화 감상의 첫걸음을 대개 이 계열의 그림들에서 시작했습니다. 시골 중학생이라도 고흐, 고갱, 세잔, 르누아르 같은 사람들의 그림은 대부분 사진으로나마 봐서 알고 있었습니다. 저 역시 고흐의 그림을 사진으로 상당히 많이 보면서 터치의 재미라든가 색채의 선명함 등에 흥미를 느끼긴 했지만, 그것을 귀신 그림이라고 생각해 본 적은 단 한 번도 없었습니다.

"그럼, 이런 건 어때? 이것도 역시 귀신일까?"

저는 책장에서 모딜리아니 화집을 꺼내, 볕에 그을린 적동색 피부의, 익히 아는 벌거벗은 여인 그림을 다케이치에게 보여주었습니다.

"대단한데!"

다케이치는 눈을 동그랗게 뜨고 감탄했습니다.

"지옥에서 온 말 같아."

"역시, 이것도 귀신일까?"

"나도 이런 귀신 그림을 그리고 싶어."

사람을 지나치게 두려워하는 이들이, 도리어 무시무시한 요괴를 눈으로 더더욱 똑똑히 보고 싶어 하는 심리. 신경이 예민하고 무언가에 쉽게 겁을 먹는 사람일수록, 오히려 폭풍우가 더 거세

지기를 기도하는 심리. 아아, 이 일군의 화가들은 인간이라는 괴물에게 상처 입고 위협당한 끝에, 결국 환영(幻影)을 믿게 되었고, 대낮의 자연 속에서 생생하게 요괴를 보게 된 것입니다. 그런데도 그들은 그것을 어릿광대 짓으로 얼버무리지 않고, 보인 그대로를 표현하려 애썼습니다. 다케이치가 말했듯이 과감하게 '귀신 그림'을 그린 겁니다. 여기에, 미래의 나의 동료들이 있다고, 생각한 저는 눈물이 날 정도로 흥분해서,

"나도 그릴게. 귀신 그림을 그릴게. 지옥의 말을 그릴게."

라고, 왜 그런지 목소리를 아주 작게 낮춰서 다케이치에게 말했습니다.

저는 초등학교 시절부터 그림을 그리는 것도, 보는 것도 좋아했습니다. 하지만 제가 그린 그림은, 제가 쓴 글만큼 주변의 평판이 좋지는 않았습니다. 저는 애초부터 사람의 말을 전혀 믿지 않는 성격이었기 때문에, 작문은 저에게 그저 어

릿광대의 인사 같은 것이라서, 초등학교, 중학교를 거치는 동안 선생님들을 열광하게 만들었지만, 정작 저 자신은 전혀 재미를 느끼지 못했습니다. 그러나 그림만큼은(만화는 별개로 치더라도), 그 대상을 표현할 때 어린 나이임에도 고심하여 그렸습니다. 학교에서 주는 미술 교본은 시시했고, 선생님의 그림은 엉망이라서, 저는 다양한 표현법을 제멋대로 궁리해서 시도해 볼 수밖에 없었습니다. 중학교에 들어가서는 유화 도구를 한 세트 갖추고 있었지만, 그 터치의 모범을 인상파의 화풍에서 찾으려 해도, 제 그림은 마치 색종이 공예처럼 평면적이고 밋밋하기만 할 뿐 제대로 된 작품이 될 것 같지 않았습니다. 그러나 저는 다케이치의 말 덕분에, 그동안의 그림에 대한 마음가짐이 완전히 잘못되어 있었다는 걸 깨달았습니다. 아름답다고 느낀 것을 그대로 아름답게 표현하려고 애쓰는 순진함, 어리석음. 마이스터들은 별것 아닌 것을 주관적으로 아름답게 창조하거나 추한 것을 보고 구역질이 날 만큼 역겨워하면서도, 그것에 대한 흥미를 숨기지 않고 표현하는 기쁨에 몰입합니다. 즉, 저는 타인의 시선에 전혀 기대지 않는 화법의 원초적인 비법서를, 다케이치에게서 전수받은 셈이었습니다. 그것을 저의 여자 손님들에게는 비밀로 한 채 조금씩 자화상 제작에 착수해 봤습니다.

제가 봐도 소스라칠 만큼 음산한 그림이 완성되었습니다. 하지만 이것이야말로 가슴 깊숙이 감춰두었던 저의 진짜 모습입니다. 겉으로는 명랑하게 웃고 다른 사람들도 웃게 만들지만, 사실 나는 이런 음울한 마음을 지니고 있는 사람이야, 어쩔 수 없어, 라고 속으로 조용히 수긍하면서도 그 그림은 다케이치를 제외하고는 아무에게도 보여주지 않았습니다. 다른 이들이 내 익살스러운 겉모습 아래 숨겨진 음산함을 간파하여, 갑자기 인색하고 경계심 많은 태도를 보일까 봐 두려웠고, 또 반대로 이 그림이 저의 정체를 드러내고 있다는 걸 알아차리지 못하고, 또 하나의 새로운 익살 정도로 간주하여 웃음거리로 삼을지 모른다는 생각도 들었습니다. 그건 정말이지 견디기 힘들 것 같아서 그 그림은 곧바로 벽장 깊숙한 곳에 치워버렸습니다.

또한, 학교 미술 시간에도, 저는 그 '귀신 찾기 화법'은 비밀로 하고, 이전과 마찬가지로 아름다운 것을 아름답게 그리는 식의 평범한 터치로만 그림을 그렸습니다.

다케이치에게만큼은, 전부터 저의 상처받기 쉬운 성격을 거리낌 없이 드러내고 있었고, 이번 자화상 역시 안심하고 다케이치에게 보여주어 크게 칭찬받았습니다. 그 후로 저는 두 장, 세 장 계속해서 귀신 그림을 그려나갔고, 다케이치에게서 또 한 번,

"너는 훌륭한 화가가 될 거야."

라는 예언을 받게 되었습니다.

여자들을 사로잡을 거라는 예언과 훌륭한 화

가가 될 거라는 다케이치의 이 멍청한 예언, 이 두 가지 예언을 머리에 새긴 저는 얼마 지나지 않아 도쿄로 상경했습니다.

저는 미술 학교에 들어가고 싶었지만, 아버지는 예전부터 저를 고등학교에 진학시켜 결국 관료로 만들 생각이었습니다. 저에게도 그 뜻을 분명히 전달했기 때문에, 말대답 한마디 못 하는 저는 그저 멍하니 그 뜻에 따랐습니다. 4학년 때부터 시험을 쳐보라고 하셨고, 저도 이미 벚꽃과 바다의 중학교에는 어지간히 질렸던 터라, 5학년에 진급하지 않고 4학년 수료 상태로 도쿄의 고등학교 입시에 응시해 합격했습니다. 곧바로 기숙사 생활을 시작했으나, 그 불결함과 거친 분위기에 진저리가 나서 어릿광대 연기를 할 상황이 아니었습니다. 결국 의사에게 폐침윤(肺浸潤)* 진단서를 받아내 기숙사를 나와, 우에노 시

67

쿠라기초에 있는 아버지 별장으로 옮겼습니다. 저는 단체 생활이라는 걸 도무지 할 수 없었습니다. 또한 청춘의 감격이나 젊은이의 자부심 같은 말은 듣기만 해도 소름이 돋았고, 하이스쿨 스피릿*이니 뭐니 하는 것을 도저히 따라갈 수 없었습니다. 교실도 기숙사도, 왜곡된 성욕의 쓰레기장 같은 느낌마저 들었고, 저의 완벽에 가까운 어릿광대 연기도 그곳에서는 아무 쓸모가 없었습니다.

아버지는 국회 일이 없으면 한 달에 한두 주밖에 별장에 머무르지 않았기 때문에, 아버지가 자리를 비우셨을 때는 꽤 넓은 별장에서 별장 관리인 노부부와 저, 이렇게 셋만 지냈습니다. 저는 종종 학교를 빠졌고, 그렇다고 해서 도쿄 구경을 하고 싶은 생각이 들지도 않아서(결국 메이지 신궁

---

* 청춘의 감격, 젊은이의 자부심, 하이스쿨 스피릿 등은 당시 일본 사회나 교육계에서 강조하던 젊음과 단체 생활에 대한 이상주의적 개념이다.

도, 구스노키 마사시게**의 동상도, 센가쿠지의 사십칠 사무라이*** 무덤도 보지 못한 채 끝날 것 같습니다), 집에서 하루 종일 책을 읽거나 그림을 그리며 지냈습니다. 아버지가 상경하시면 저는 매일 아침 부랴부랴 등교하곤 했지만, 등굣길에 혼고 센다기 초에 사는 서양화가 야스다 신타로 씨의 화실에 가서 서너 시간씩 데생 연습을 하기도 했습니다. 고등학교 기숙사를 나온 뒤로는 학교 수업에 나가더라도 마치 청강생으로 온 것 같은 기분이 들었습니다. 그건 어쩌면 제 열등감 때문일지도 모르지만, 어쨌든 제 자신이 너무 부자연스럽게 느껴져서 더더욱 학교에 가기가 싫어졌습니다. 초등학교, 중학교, 고등학교를 통틀어 결국 애교심이라는 것을 이해하지 못하고 학교생활이 끝나고 말았습니다. 교가 같은 건 한 번도 외우려

** 楠木正成(1294 – 1336): 가마쿠라 말기의 무장으로, 겐무 정권에 충성을 다한 인물.

*** 1703년, 주군 아사노 나가노리의 원한을 갚기 위해 기라 요시히사를 급습해 복수한 가신들.

고 한 적이 없습니다.

저는 급기야 화실에서 어떤 미술 학도로부터 술과 담배, 윤락녀, 전당포, 그리고 좌익 사상을 배우게 되었습니다. 이상한 조합이긴 했지만, 그것은 사실이었습니다.

그 미술 학도는 호리키 마사오라고 했고, 도쿄의 시타마치*에서 태어났으며, 저보다 여섯 살 위였습니다. 그는 사립 미술 학교를 졸업한 뒤 집에 아틀리에가 없어 이 화실에 다니며 서양화 공부를 계속하고 있다고 했습니다.

"5엔**만 빌려줄래?"

서로 얼굴만 알 뿐, 그때까지 말 한마디 나눈 적도 없었습니다. 저는 당황하면서도 5엔을 내밀었습니다.

"좋아, 마시자. 내가 한턱낼게. 잘생긴 친구!"

---

* 도쿄의 하층민 지역을 가리키는 말.

** 1930년대 일본의 5엔은 현재 가치로 최소 수천 원에서 많게는 1만~2만 원대에 해당하는 금액으로, 하층민에게는 며칠에서 일주일가량의 생활비에 해당하는 돈이었다.

저는 끝내 거절하지 못하고 화실 근처 호라이 마치에 있는 카페주점***으로 끌려가게 되었는데, 그것이 그와의 교류의 시작이었습니다.

"예전부터 너를 눈여겨보고 있었어. 그래, 그 수줍게 웃는 미소, 그게 바로 장래성 있는 예술가 특유의 표정이란 말이지. 친해진 기념으로 건배! 키누 씨, 애 잘생기지 않았어? 반하면 안 돼. 애가 화실에 오게 된 덕분에, 안타깝게도 나는 미남 순위 2위로 밀려버렸어."

호리키는 거무스름한 피부에 얼굴이 단정했으며 미술 학도치고는 드물게 제대로 된 양복을 입었고, 넥타이 취향도 수수했고, 머리카락도 포마드를 발라 반듯하게 한가운데에 가르마를 탔습니다.

저는 익숙하지 않은 장소였던 탓도 있고, 그저

*** 일본에서 1930년대의 카페는 술도 마시고 호스테스가 접대하는 유흥업소로, 요즘 말로는 '바'나 '클럽'에 가깝다. 여기서는 카페주점으로 번역했다.

겁이 나서 팔짱을 꼈다가 풀었다가 하며, 말 그대로 수줍은 미소만 지을 뿐이었습니다. 하지만 맥주를 두세 잔 마시는 사이에 묘한 해방감에 마음이 가벼워지기 시작했습니다.

"나는 미술 학교에 들어가려고 생각했었는데요……"

"아니, 시시해. 그런 데는 정말 시시해. 학교는 다 시시해. 우리들의 진짜 스승은 자연 속에 있어! 자연을 향한 파토스!"

하지만 저는 그의 말에서 조금의 존경심도 느끼지 못했습니다. 어리석은 사람이구나, 그림도 분명 형편없겠지, 그렇지만 같이 놀기에는 괜찮은 상대일 수도 있다고 생각했습니다. 다시 말해, 저는 그때 태어나서 처음으로 진짜 도시적인 껄렁패를 본 것입니다. 그는 저와 모습은 다르지만, 그래도 이 세상 인간의 삶과는 완전히 동떨어져서 갈피를 못 잡고 방황하고 있다는 점에서는 확실히 저와 동류였습니다. 다만 그는 자신이 어릿광대 연기를 하고 있다는 사실을 전혀 의식하지 못했고, 그 어릿광대 연기 속에 깃든 비참함을 전혀 자각하지 못하고 있다는 점에서, 본질적으로 저와는 다른 사람이었습니다.

그저 노는 것뿐이야, 노는 상대로 만날 뿐이야, 하고 늘 그를 깔보고, 때로는 그와 어울리는 것을 부끄럽게 여기면서도, 함께 어울려 다니는 사이에, 결국 저는 이 남자에게 완전히 넘어가 버렸습니다.

처음에는 이 남자를 좋은 사람, 그것도 좀처럼 보기 드문 좋은 사람이라고만 여겼습니다. 인간을 두려워하던 저도 그에게는 완전히 경계를 내려놓고 도쿄에서 좋은 안내자를 얻었구나 하고 안심했을 정도였습니다. 사실 저는 혼자서는 전차를 타면 차장이 무서웠고, 가부키 극장에 들어가고 싶어도 정문 현관의 빨간 융단이 깔린 계단 양옆에 나란히 서 있는 안내 아가씨들이 무서웠습니다. 레스토랑에 들어가면, 제 뒤에 조용히 서서 접시가 비기를 기다리는 웨이터가 무서웠고, 특히 계산을 할 때는, 아아, 어색하기 그지없는 제 손놀림이라니! 저는 물건을 사고 돈을 건네줄 때도, 인색해서가 아니라, 너무나 긴장되고 너무 부끄럽고 너무 불안하고 무서워서 어질어질 현기증이 나고 눈앞이 캄캄해져서 거의 실성할 지경이 되곤 했습니다. 값을 깎기는커녕, 거스름돈을 받는 것조차 잊어버릴 정도였습니다. 심지어는 산 물건을 그냥 놔두고 오는 일조차 여러 번 있었습니다. 그래서 도저히 혼자서는 도쿄 시내를 돌아다니지 못하여 어쩔 수 없이 하루 종일 집 안에서 빈둥거리기만 했던 것입니다.

그런데 호리키에게 지갑을 맡기고 함께 다니면, 그는 값을 크게 깎으면서도, 노는 법을 아는 사람이라고 할까, 적은 돈으로 최대한의 효과를 끌어내는 솜씨를 발휘했습니다. 또 비싼 택시는 피하고, 전차, 버스, 증기선('폰폰 증기') 등을 상황에 따라 적절히 이용해서 가장 짧은 시간에 목적지에 도착하는 수완도 보여주었습니다. 유흥업소에 갔다가 아침에 돌아오는 길에는, 무슨 요정에 들러 아침 목욕을 하고 유도후*에 가볍게 한 잔 곁들이는 게 값은 싸지만 호사스러운 기분이 들게 해준다는 것도 알려주었습니다. 그 밖에도 포장마차의 소고기덮밥, 닭꼬치 같은 것이 값도 싸고 영양도 풍부하다, 빨리 취하고 싶을 때는 덴키브란**을 따라올 술이 없다 등등도 알려주었습니다. 어쨌든, 그와 함께 있을 때는 돈 계산에 있어서만큼은 한 번도 불안이나 두려움을 느낀 적이 없었습니다.

또 하나, 호리키와 어울릴 때 좋은 것은 그가 상대방의 생각을 완전히 무시하고, 이른바 정열 파토스를 있는 그대로 분출시키며(어쩌면, '정열'이라는 건 상대의 입장을 무시하는 데서 비롯되는 것일시노 보르지만) 온종일 쉴 새 없이 시시한 수다를

*   두부를 살짝 데쳐서 양념을 찍어 먹는 요리.
**   브랜디 비슷하게 만든 혼성주의 브랜드명.

늘어놓는다는 점이었습니다. 그래서 둘이 함께 걷다가 피곤해져도 어색한 침묵 속으로 빠져드는 불편한 순간을 걱정할 필요가 전혀 없었습니다. 저는 원래 말수가 적어서 사람과 마주할 때마다 그 끔찍한 침묵이 찾아올까 늘 경계하며, 이를 모면하려고 필사적으로 어릿광대의 익살을 떨어야 했습니다. 그런데 지금은 이 호리키라는 바보가, 아무런 생각도 없이 기꺼이 그 어릿광대 역할을 자청하고 있으니, 저는 굳이 대답할 것도 없이 그저 흘려듣다가 가끔 설마요, 하고 대꾸나 하며 웃고 있기만 하면 되었습니다.

술, 담배, 윤락녀, 그런 것들이 설령 잠시일지라도 인간에 대한 두려움을 달래주는 꽤 훌륭한 수단임을 저도 차츰 깨닫게 되었습니다. 그런 수단을 얻기 위해서라면 제가 가진 모든 것을 팔아도 좋다는 생각마저 들 정도였습니다.

저에게 윤락녀란, 인간이나 여자가 아니라 백치나 광인처럼 보였습니다. 하지만 바로 그들의

품 안에서야말로 저는 완전히 안심하여 깊이 잠
들 수 있었습니다. 그들 모두는, 안타까우리만
치 정말로 욕망이라는 것이 티끌만큼도 없었습
니다. 그리고 저에게 동류(同類)로서의 친밀감 같
은 것을 느꼈는지, 언제나 저를 불편하게 만들지
않을 만큼만 자연스러운 호의를 보였습니다. 어
떠한 계산도 강요도 없는 호의. 다시는 오지 않
을지도 모를 한 사람에게 보내는 호의. 저는 어
느 날 밤 그 백치 같고 광인 같은 윤락녀에게서
성모 마리아의 후광을 실제로 목격한 적조차 있
었습니다.

　하지만 인간에 대한 공포에서 벗어나, 희미한
하룻밤의 안식을 얻기 위해 그곳에 가서 말 그대
로 저와 '동류'인 윤락녀들과 어울려 노는 사이
에, 어느새 무의식중에 어떤 꺼림칙한 기운이 제
주변에 늘 감돌게 된 것 같습니다. 이것은 제가
전혀 예상하지 못했던, 이른바 '덤으로 딸려 온
부록' 같은 것이었지만, 점차 그 '부록'이 또렷하

게 겉으로 드러나기 시작했으며, 호리키가 그 사실을 지적했을 때 깜짝 놀랐고 매우 불쾌한 기분이 들었습니다. 그의 말에 따르자면 이랬습니다.

옆에서 보기에, 속된 말로 표현하자면, 너는 윤락녀를 통해 여자에 대한 수련을 했고, 더구나 요즘 들어 그 실력이 부쩍 늘었다. 이 여자 수련이라는 것은 윤락녀를 통해서 하는 게 가장 엄격하고, 그만큼 효과도 큰 것인데, 이미 네게는 이른바 '여자에 능한 남자' 특유의 냄새가 배어들었으며, 여자들이(윤락녀에 국한되지 않고) 본능적으로 그것을 감지하여 다가오는, 그러한 외설스럽고 불명예스러운 분위기를 '덤'으로 얻게 되었다. 그리고 그 분위기가, 네가 애초에 그들에게서 구하려 했던 안식이나 회복보다도 훨씬 두드러져 보이는 것 같다, 등등.

호리키로서는 절반쯤 아첨 삼아 한 말이었겠지만, 그런 말을 듣고 보니 뭔가 괴롭게 마음에 짚이는 일들이 있었습니다. 예컨대 다방 여자에게서 서툰 편지를 받은 기억도 있고, 사쿠라기초의 집 옆에 살던 장군 집안의 스무 살쯤 되는 딸이 매일 아침 제가 등교하는 시간만 되면 특별한 일도 없어 보이는데 옅게 화장한 얼굴로 자기 집 대문 앞을 들락거렸고, 소고기를 먹으러 가면, 말없이 앉아 있어도 그 집 호스테스가, ……또 단골 담배 가게의 딸이 건넨 담배 상자 속에, ……또 가부키를 보러 갔을 때 옆자리의 앉은 사람에게서, ……또 심야의 전차에서 술에 취해 잠든 사이에, ……또 고향에 있는 친척 집 딸로부터 느닷없이 절박한 내용의 편지가 오기도 했고, ……또 정체를 알 수 없는 여자가 제가 없을 때 수제 인형을, ……저는 극도로 소극적인 성격이었기 때문에, 그런 일들은 모두 그대로 끝나버렸고, 단편적인 에피소드에 불과했을 뿐 그 이상으로 발전한 것은 단 하나도 없었습니다. 하지만 어쩐지 여자들에게 꿈을 꾸게 만드는 분위기가 저의 어딘가를 늘 따라다니고 있다는 것은 여복

이 많네 뭐니 하는 어설픈 농담이 아니라, 부정할 수 없는 사실이었습니다. 저는 그런 점을 호리키 따위에게 지적당했다는 사실에, 마치 모욕과도 같은 씁쓸함을 느꼈고, 동시에 윤락녀들과 노는 일에도 갑자기 흥이 깨졌습니다.

호리키는 또, 그 허영에 찬 모더니티에서 비롯된 것인지(호리키의 경우, 그것 말고는 달리 이유가 있었을 거라고는 지금도 전혀 생각되지 않지만), 어느 날 저를 공산주의 독서회라는 (R.S라고 했던가요, 기억이 분명치 않습니다) 비밀 연구 모임에 데리고 갔습니다. 호리키 같은 사람에게는 공산주의 비밀 모임조차 그동안 해온 '도쿄 안내' 메뉴의 하나쯤이었을 뿐인지도 모릅니다. 저는 그곳에서 이른바 '동지들'에게 소개되었고, 소책자 하나를 구입하게 되었으며, 윗자리에 앉아 있던 지독히 못생긴 얼굴의 청년으로부터 마르크스 경제학 강의를 들었습니다. 하지만 저는 그 내용이 빤히 아는 이야기처럼 느껴졌습니다. '그래, 그 말이 맞겠지. 하지만 인간의 마음속에는 그런 걸로는 설명되지 않는, 훨씬 더 이해할 수 없는 무서운 것이 있어.' 욕망이라 해도 부족하고, 허영이라 해도 모자라며, 색욕과 탐욕이라는 두 가지를 나란히 놓고 봐도 여전히 부족합니다. 정확히는 지도 잘 모르겠지만, 인간 사회의 밑바닥에는 경제로는 설명되지 않는, 어딘지 괴기스러운 무언가가 있으리라는 생각이 들었습니다. 그런 괴기스러운 무언가에 겁에 질려 떨고 있던 저는 이른바 유물론이라는 것을 물이 낮은 곳으로 흐르듯 자연스럽게 받아들이긴 했지만, 그것만으로는 인간에 대한 두려움에서 해방되어, 초록 잎을 향해 눈을 뜨고 희망과 기쁨을 느낀다는 식으로 결론을 내릴 수는 없었습니다. 그런데도 저는 그 R.S(라고 했던 것 같은데, 틀렸을지도 모릅니다)라는 것에 단 한 번도 결석하지 않고 출석했고, 그러면서도 '동지들'이 무슨 중대한 일이라도 하는 양 심각한 얼굴을 하고, 1 더하기 1은 2 같은, 거의 초등 산수 수준의 이론 연구에 몰두하는 모습이 견딜 수 없이 우스꽝스럽게 느껴졌습니다. 저는 언제나 그렇듯 어릿광대 연기로 모임 분위기를 풀어주려 애썼고, 그 덕분인지 점점 그 연구회의 답답한 분위기도 누그러졌으며, 마침내 저는 그 모임에 없어서는 안 될 인기인 같은 존재가 되었습니다. 이 단순해 보이는 사람들은 저를 자신들과 똑같이 단순하고, 낙천적인 익살꾼 '동지'쯤으로 생각했을지도 모릅니다. 만약 정말 그렇다면, 저는 이 사람들을 하나에서 열까지 철저히 속이고 있었던 셈입니다. 저는, 동지가 아니었습니다. 그렇지만 그 모임에 빠지지 않고 참석하여 모두에게 어릿광대 연기 서비스를 해줬습니다.

그들을 좋아했기 때문입니다. 그 사람들이 마음에 들었기 때문입니다. 하지만 그 호감은, 마르크스에 의해 맺어진 동지애 같은 것은 결코 아니었습니다.

비합법. 저는 그것이 왜인지 모르게 즐거웠습니다. 그 비합법의 공간이 더 편안했습니다. 세상에서 말하는 합법이라는 것이 오히려 더 두려웠고(거기서는 바닥을 알 수 없을 만큼 강한 어떤 것을 예감하게 됩니다), 그 작동 원리를 이해할 수 없어서, 도저히 그 창 하나 없는 지독히 추운 합법의 방 안에 가만히 갇혀 있을 수가 없었습니다. 바깥은 비합법이라는 바다이며, 그 바다에 뛰어들면 헤엄치다가 결국 죽음에 이르게 된다고 해도 오히려 그 편이 저에게는 훨씬 홀가분할 것 같았습니다.

'음지의 사람'이라는 말이 있습니다. 인간 세상에서 비참한 패배자나 타락한 자를 가리켜서 하는 말인 것 같지만, 저는 저 자신이 태생적으로 음지의 사람인 것 같다는 생각이 들어서, 세상으로부터 서선 음지의 사람이라고 손가락질 당하는 사람을 만나면, 반드시 따뜻한 마음이 들었습니다. 그리고 그런 저의 '따뜻한 마음'은 스스로도 황홀할 만큼 따뜻한 마음이었습니다.

또한 '도망자 의식'이라는 말도 있습니다. 저는 이 인간 세상 속에서 평생 그 의식에 고통받았음에도 그것은 저의 조강지처와 같은 좋은 동반자이며, 그 녀석과 단둘이 쓸쓸하게 노닥거리는 것도, 제 삶의 어떤 자세였을지도 모릅니다. 또 세상에는 '옷 속에 가린 상처'라는 말도 있는 것 같은데, 저의 경우 아기 때부터 자연스럽게 그 상처가 나타났고, 자라면서 치유되기는커녕 점점 깊어져 뼈에까지 이르렀으며, 밤마다 찾아오는 통증은 천변만화(千變萬化)의 지옥과도 같았습니다. (이건 매우 이상한 표현이지만) 그 상처는 점차 저의 살과 피보다도 더 친근한 존재가 되어, 그 상처가 주는 통증은 그 상처의 살아 있는 감정, 혹은 사랑의 속삭임처럼 느껴지기도 했습니다. 그런 사내인 저에게, 그 지하 운동 그룹의 분위기는 이상할 정도로 제 마음을 편안하게 했는데, 결국 그 운동의 본래 목적보다도 그 운동의

감촉이 저에게 잘 맞았던 것 같습니다. 호리키의 경우는 그저 멍청한 장난에 지나지 않아서, 저를 한 번 그 모임에 소개하러 데려갔을 뿐, 마르크시스트는 생산만 중시하는데 동시에 소비도 중요하다는 어설픈 농담을 던지고는 그 모임에는 얼굴을 내밀지 않고, 저를 소비에 대한 탐색의 길로만 끌어들이려 했습니다. 생각해 보면, 당시에는 다양한 유형의 마르크시스트가 있었습니다. 호리키처럼 허영심 가득한 모더니티 때문에 마르크시스트를 자칭하는 사람도 있었고, 저처럼 그냥 비합법이라는 냄새가 마음에 들어서 그곳에 자리 잡은 사람도 있었습니다. 만약 이들의 실체를 진짜 마르크시즘 신봉자가 간파했다면, 호리키나 저나 맹렬한 분노를 샀을 것이며, 비열한 배신자라는 딱지와 함께 그 즉시 쫓겨났겠지요. 그러나 저는 물론 호리키조차도 좀처럼 제명당하는 일은 없었고, 특히 저는 비합법의 세계에서는 합법의 신사들 세계에서보다도 오히려 훨씬 자유롭게, 소위 '건강'하게 행동할 수 있었기 때문에, 가능성 있는 '동지'로 인정받아 웃음이 터져 나올 정도로 과도하게 비밀의 냄새를 풍기는 다양한 일들을 그들로부터 부탁받을 정도가 되었습니다. 사실 저는 그들이 무슨 부탁을 하든 단 한 번도 거절하지 않고 태연하게 뭐든 맡아서 처리했습니다. 괜히 주눅 든 태도를 보이다가 수상히 여긴 개(동지들은 경찰을 그렇게 불렀습니다)한테 불심 검문을 당해 일을 망치는 일도 없었고, 웃으면서, 또 사람들을 웃기면서, 그들이 위험하다고 생각하는 일을(이 운동을 하는 그들이 중대한 일이라도 하는 것처럼 긴장하여 어설픈 탐정 소설 흉내까지 내가며 목소리를 죽여 저에게 부탁하는 그 일들은, 실로 어이없을 정도로 시시한 일들이었습니다만, 그럼에도 그들은 그 '위험한' 일에 진심이었습니다) 정확히 해냈습니다. 당시 저는 설령 당원으로 체포되어 종신토록 감옥살이를 해도 좋다는 마음이었습니다. 세상 사람들의 '실생활'이라는 것을 두려워하면서, 매일 밤 불면의 지옥에서 신음하는 것보다는, 차라리 감옥이 더 편할지도 모르겠다는 생각이 들었기 때문입니다.

아버지는 사쿠라기초의 별장에서 손님을 맞거나 외출을 하느라 바빠서, 같은 집에 있으면서도 사나흘씩 저와 얼굴을 마주치지 않을 정도였습니다. 그런데도 저는 도무지 아버지가 꺼려지고 무서워서 이 집을 나와 어딘가 하숙집이라도 구해볼까 생각했습니다. 하지만, 그 말을 차마 꺼내지 못하고 있던 참에, 아버지가 그 집을 팔 생각인 것 같다는 이야기를 별장지기 노인에게서 들었습니다.

아버지의 국회의원 임기도 슬슬 끝나갔고, 여러 이유가 있었던 것이 분명하지만, 이제 더는 선거에 출마할 의지도 없는 듯했고, 은퇴 뒤에 기거할 집도 고향에 한 채 지어놔서, 도쿄에 미련도 없어 보였습니다. 겨우 고등학생에 불과한 저 하나를 위해 저택과 하인을 유지하는 건 낭비

라고 생각했는지(저는 아버지의 마음도 세상의 사람
들의 마음과 마찬가지로 도무지 이해할 수 없었습니다),
어쨌든 그 집은 곧 다른 사람의 손에 넘어갔고,
저는 혼고 모리카와초에 있는 센유칸(仙遊館)이라
는 오래된 하숙집의 어두침침한 방으로 이사를
했습니다. 그러자 곧바로 돈이 궁해졌습니다.

그 전까지는 아버지에게서 매달 정해진 금액
의 용돈을 직접 받아왔고, 그 돈이 이틀, 사흘 만
에 다 떨어지더라도 집에는 언제나 담배, 술, 치
즈, 과일이 있었으며, 책, 문방구, 의복 등은 역
시 항상 근처 가게에서 말하자면 '외상'으로 구할
수 있었습니다. 호리키에게 소바나 텐동 같은 것
을 대접할 때도, 아버지의 단골 동네 가게에 가
면, 먹은 다음 말 한마디 없이 그 가게를 나서도
아무런 문제가 없었습니다.

그러다가 갑자기 하숙집에서 혼자 살게 되자
모든 것을 매달 일정하게 송금되는 돈 안에서 해
결해야만 하게 되었고, 그것이 저를 몹시 당황하

게 했습니다. 송금된 돈은 여전히 이틀, 사흘 만에 바닥나 버렸고, 저는 겁이 나고 막막한 마음에 미쳐버릴 것만 같아서, 아버지, 형, 누나에게 번갈아 돈을 부탁하는 전보와 편지(그 편지에서 호소한 것은 하나하나 다 익살스러운 허구였습니다. 남에게 뭔가를 부탁할 때는 우선 그 사람을 웃게 만드는 것이 최선이라고 생각했기 때문입니다)를 연달아 보내는 한편, 호리키에게 가르침을 받아 부지런히 전당포를 드나들기 시작했습니다. 그래도 늘 돈이 부족했습니다.

결국 저에게는 아무런 연고도 없는 하숙집에서 혼자 '생활'해 나갈 능력이 없었던 겁니다. 저는 하숙방에서 혼자 가만히 앉아 있기가 무서웠습니다. 금방이라도 누군가에게 습격당해 한 방 맞을 것 같은 기분이 들어서, 거리로 뛰쳐나가 앞서 말한 공산주의 운동을 돕거나, 호리키와 함께 싼 술집을 돌며 술을 마셨습니다. 학업도, 그림 공부도 거의 포기하다시피 했습니다. 그러던 어느 날, 고등학교에 입학한 지 2년째 되던 11월, 저보다 나이 많은 유부녀와 정사 사건을 일으키면서 저의 운명은 단번에 바뀌게 되었습니다.

학교는 계속 결석했고, 학과 공부도 전혀 하지 않았지만, 이상하게도 시험 답안을 쓰는 데에는 요령이 있어서, 그때까지는 간신히 고향의 가족들을 속이며 지낼 수 있었습니다. 그러나 이제 슬슬 학교 측에서 고향에 계신 아버지에게 은밀히 출석 일수 부족 등의 문제를 보고하고 있었는지, 큰형이 아버지를 대신하여 엄격한 문장의 긴 편지를 보내오기 시작했습니다. 하지만 그런 것보다 저를 직접적으로 괴롭힌 것은 돈이 없다는 현실과 조직 운동 관련 일들이 반쯤 장난스러운 기분으로 하기에는 도저히 감당할 수 없을 정도로 바빠졌다는 사실이었습니다. 중앙 지구라고 했던가, 어떤 지구라고 했던가, 어쨌든 저는 혼고, 고이시카와, 시타야, 칸다 등 그 일대에 있는 학교 전부의, 마르크스주의 학생 행동대의 대장이 되어 있었습니다. 무장봉기라는 말을 듣고 작은 칼을 하나 샀습니다(지금 생각해 보면, 연필을 깎는 데 쓰기에도 부족한 가냘픈 칼이었습니다). 그걸 레인코트 주머니에 넣고 여기저기 뛰어다니며, 소위 '연락'을 했습니다. 술을 마시고 푹 자고 싶었지만 돈은 없고, 게다가 P(제 기억에 정당을 그렇게 불렀던 것 같은데, 혹시 기억이 틀렸을지도 모릅니다) 쪽에서는 숨 돌릴 틈도 없이 속속 의뢰가 들어와서, 저의 병약한 몸으로는 도저히 감당할 수 없게 되었습니다. 원래 저는 비합법적인 것에 대한 흥미만으로 그 그룹을 도와왔던 것입니다. 그런데 이렇게 그야말로 농담이 진담이 된 듯한 상황 속에서 이토록 바빠지자, 저는 속으로 P의 사람들에게, 이건 저 같은 사람이 아니라 당신들 쪽의 직계 인물늘이 해야 할 일 아닙니까? 하는 억누를 수 없는 짜증과 불만이 생기게 되었고, 결국 도망쳤습니다. 도망치고 나니, 역시 기분이 좋을

리가 없었고, 죽고 싶다는 생각이 들었습니다.

그 무렵, 저에게 특별한 호의를 보이는 여자가 세 명 있었습니다. 그중 한 명은 제가 하숙하고 있던 선유관의 딸이었습니다. 이 아가씨는 제가 예의 그 운동을 돕느라 녹초가 되어 돌아와 밥도 안 먹고 잠자리에 들면, 반드시 편지지와 만년필을 들고 내 방에 찾아와서,

"미안해요. 아래층은 여동생이랑 남동생이 시끄럽게 굴어서 조용히 편지도 못 써요."

그러고는 제 책상에 앉아 뭔가를 한 시간 넘게 쓰는 겁니다.

저도 그냥 모르는 척 자고 있으면 될 텐데, 참으로 그 아가씨가 뭔가 말을 걸어주기를 바라는 듯한 모습이라, 실은 한마디도 하고 싶지 않은 기분이었지만 예의 그 수동적인 봉사 정신을 발휘해서 기진맥진 지친 몸에, 으음 하고 기합을 넣은 다음 배를 깔고 엎드려 담배를 피우며 말했습니다.

“여자한테서 온 러브레터를 태워서 목욕물을 데우고 목욕했다는 남자가 있다네요.”

“어머, 싫어요. 그거 당신이죠?”

“우유를 데워 마신 적은 있어요.”

“내 편지로 그렇게 해주면 영광이지요.”

아, 이 여자 왜 빨리 안 나가나. 편지라니, 뻔히 보이는데. 분명히 ‘헤헤노노모헤지[へへののもへじ]*’라도 하고 있겠지요.

“좀 보여줘요.”

죽어도 보고 싶지 않은 마음으로 그렇게 말하면, 어머, 싫어요, 싫다니까요, 하면서도 기뻐하는 그 모습이 너무나 보기 흉해서 오히려 흥이 식고 말았습니다. 그래서 저는 무슨 심부름이라도 시켜야겠다고 생각했습니다.

“미안하지만, 전차 거리에 있는 약국에 가서

---

*　히라가나 글씨를 위에서 아래로 이런 순서로 써서 사람 얼굴 모양을 그리는 놀이.

칼모틴* 좀 사다 줄래요? 너무 피곤해서 얼굴이 화끈거리고, 도리어 잠이 안 와서 그래요. 미안하네요. 돈은……"

"괜찮아요, 돈은 필요 없어요."

기뻐하며 일어섭니다. 심부름을 시킨다는 건 결코 여자를 기죽이는 일이 아니며, 여자는 남자에게 무언가를 부탁받으면 기뻐한다는 사실을 저는 잘 알고 있었습니다.

또 한 사람은, 여자 고등사범학교 문과생으로, 저하고는 이른바 '동지'였습니다. 그 여자와는 앞서 말한 조직 운동 관련 일 때문에 싫어도 매일 얼굴을 마주해야 했습니다. 회의가 끝난 후에도 그 여자는 계속 저를 따라다니며, 무작정 제게 이것저것을 사주었습니다.

"날 친누나라고 생각해도 괜찮아."

그 같잖은 말에 소름이 돋으면서도, 저는

---

* 진통제·수면제의 상표명.

"그렇게 생각하고 있어요."

우수에 찬 눈빛으로 미소를 지어 보이며 대답합니다. 어쨌든, 화나게 하면 무서워, 어떻게든 얼버무려야 해, 하는 생각 하나로, 저는 점점 그 보기 싫고 불쾌한 여자에게 굽신거리게 되었고, 그녀가 사주는 물건들을 받고는(그 선물들은 하나같이 취향이 형편없어서, 저는 대부분 곧바로 야키토리 가게 주인 등에게 줘버리곤 했습니다) 기쁜 표정을 지어보이며 익살을 떨어 웃기곤 했습니다. 어느 여름밤, 도무지 떨어지려고 하지 않길래 그저 돌려보내고 싶은 마음에 어두운 거리에서 키스를 해주었더니, 그 여자는 미친 여자처럼 흥분하여 택시를 불러 자신들의 운동을 위해 비밀리에 빌려 놓은 사무실 같은 좁은 방으로 저를 데려가서, 아침까지 야단을 피웠습니다. 저는 어처구니없는 누나구나 하고 속으로 쓴웃음을 지었습니다.

하숙집 딸이든, 또 그 '동지'라는 여자든, 어쨌든 매일 얼굴을 마주치지 않을 수 없는 처지였기 때문에 이전의 여러 여자들처럼 능숙하게 피하지 못하고, 결국 질질 끌려다니며, 예의 그 불안한 마음에서 그저 열심히 그 두 사람의 비위를 맞췄습니다. 이제 저는 쇠사슬에 단단히 묶인 신세가 되었습니다. 그 무렵 또 저는 긴자의 어느 대형 카페주점에서 일하는 호스테스에게서 예상치 못한 호의를 받았습니다. 단 한 번 만났을 뿐인데도 그 호의에 집착하게 되어, 마찬가지로 꼼짝할 수 없는 걱정과 막연한 두려움에 빠지게 되었습니다. 그즈음에는 저도 굳이 호리키의 안내에 의존하지 않더라도 혼자서 전철도 탈 수 있고 가부키 극장에도 갈 수 있었으며, 또는 분위기에 어울리지 않는 가스리 기모노*를 입고 카페주점에도 들어갈 수 있을 만큼의 뻔뻔함도 다소간 갖추게 되었습니다. 마음속으로는 여전히 인간의 자신감과 폭력을 의심하고 두려워하고 괴

---

* 미리 염색한 실로 짠 천으로 만든, 서민들이 입는 기모노로 면이나 마로 만들어서 일상복·작업복으로 쓰였음.

로워하면서도, 겉으로는 조금씩 타인과 정식으로 나누는 인사, 아니, 아니요, 저는 역시 패배자의 익살스러운 웃음을 동반하지 않고는 인사를 할 수 없는 성격입니다만, 어쨌든 정신없이 허둥대는 인사라도 어떻게든 해낼 수 있을 만큼의 '기량'을, 예의 그 운동을 위해 뛰어다닌 덕분에? 혹은 여자들 덕분에? 또는 술 덕분에? 하지만 주된 원인은 돈이 부족한 덕분에, 익히게 되었던 것입니다. 혼자 있느니 차라리 대형 카페주점에 들어가 수많은 취객 또는 호스테스, 보이들 틈에 뒤섞일 수 있다면 이 끊임없이 쫓기는 것 같은 마음도 가라앉지 않을까 하여, 저는 10엔을 들고 홀로 긴자의 그 대형 카페주점에 들어가서 웃으며 상대 호스테스에게 말했습니다.

"10엔밖에 없으니까, 그렇게 알고."

"걱정 마세요."

어딘가 간사이(關西) 지방 특유의 억양이 섞여 있는 말투였습니다. 그리고 그 한마디가 이상하리만치 저의 떨고 있던 마음을 진정시켜 주었습니다. 돈 걱정을 안 해도 되어서가 아니었습니다. 그 사람 곁에 있으면 걱정할 필요가 없을 것 같은 기분이 들었던 겁니다.

저는 술을 마셨습니다. 그 사람에게 안심했기 때문에, 어릿광대 연기를 하려는 마음도 들지 않았고, 제 본래 성격인 과묵하고 음침한 모습을 숨김없이 내보이며 말없이 술을 마셨습니다.

"이런 거, 좋아해요?"

그 여자는 다양한 요리를 제 앞에 늘어놓았습니다. 저는 고개를 저었습니다.

"술만 마셔요? 그럼 나도 마실게요."

가을, 쌀쌀한 밤이었습니다. 저는 쓰네코(라고 기억하고 있지만, 기억이 희미해서 확실하진 않습니다. 함께 죽기로 했던 사람의 이름조차 잊고 사는 게 저란 인간입니다)가 알려준 대로, 긴자 뒷골목의 어느 포장마차 초밥집에서 맛이 하나도 없는 초밥을 먹으며(그 사람의 이름은 잊었어도, 그때 먹은 초밥의 형편없는 맛만은 어째서인지 뚜렷이 기억에 남아 있습니다. 그리고 능구렁이 얼굴을 한 대머리 초밥집 주인이 고개를 까딱까딱 흔들며 참으로 잘하는 척 초밥을 만들던 모습도, 눈앞에 보일 듯이 선명하게 떠오릅니다. 훗날 전철 안에서 어디서 본 얼굴인데, 하고 이리저리 생각하다가, 맞다, 그때 그 초밥집 주인하고 닮았구나, 하고 깨닫고는 혼자 쓴웃음을 지은 일도 여러 번 있을 정도였습니다. 그 사람의 이름도, 얼굴 생김새조차 기억에서 멀어진 지금까지도 그 초밥집 주인의 얼굴만큼은 그림으로도 그릴 수 있을 만큼 정확하게 기억하고 있다는 건, 그때 그 초밥이 너무나도 맛이 없고, 저에게 추위와 고통을 안겨줬기 때문일 겁니다. 본래 저는, 누가 맛있다는 초밥집에 데려가 줘서, 그 집 초밥을 먹어도 맛있다고 생각한 적이 한 번도 없었습니다. 무엇보다 너무 컸거든요. 초밥의 밥을 손으로 꽉 쥐어서 엄지손가락 정도의 크기로 만들 수는 없는 걸까? 하고, 항상 생각하곤 했습니다) 그 사람을 기다리고 있었습니다.

그 사람은 혼조에 있는 목공소 2층에 세 들어

살고 있었습니다. 저는 그 2층에서, 평소의 음울한 마음을 조금도 숨기지 않고 심한 치통에 시달리고 있는 사람처럼 한쪽 손으로 뺨을 감싼 채 차를 마셨습니다. 그런 제 모습이 오히려 그 사람은 마음에 들었던 모양입니다. 그 사람도 주위에 차가운 초겨울 바람이 불어서 낙엽만이 흩날리는 듯한, 완전히 고립된 느낌의 여자였습니다.

같이 누워서 그 사람은 자기가 저보다 두 살 많고 고향은 히로시마다, 남편이 있다, 히로시마에서 이발소를 했었다, 작년 봄에 남편과 함께 도쿄로 가출해 도망쳐 왔지만, 남편은 도쿄에서 제대로 된 일을 하지 않다가 사기죄로 기소되어 감옥에 있다는 얘기를 했습니다. 매일같이 이것저것 챙겨서 감옥으로 면회를 갔는데, 내일부터는 그만둘 거라고도 했습니다. 하지만 저는 어째선지 여자의 신상 이야기에는 조금도 흥미가 가지 않았습니다. 여자가 말하는 게 서툴러서일까요, 즉 이야기의 중점을 잘못 두고 있는 탓일까요,

어쨌든 저에게는 늘 마이동풍이었습니다.

쓸쓸해.

여자의 천 마디 신세 한탄보다, 쓸쓸하다고 중얼거리는 한마디가 저에게 더 큰 공감을 불러일으킬 거라고 기대했지만, 결국 그 사람은 그 말을 입에 올리지 않았습니다. 이 세상 여자들에게서 그 말을 한 번도 들어본 적이 없다는 사실이, 기이하기도 하고 신기하게도 느껴졌습니다. 하지만 그 사람은 "쓸쓸해"라고 말로 하지는 않았지만, 무언의 지독한 쓸쓸함을 몸의 바깥 윤곽을 따라 손가락 한 마디 정도 두께의 기류처럼 갖고 있었습니다. 그 사람 곁에 다가가자 저의 몸도 그 기류에 휩싸였고, 그러자 그 기류가 제가 가진 다소 거칠고 음울한 기류와 알맞게 어우러져, '물속 바닥의 바위에 내려앉는 마른 잎'처럼, 제 몸은 두려움과 불안에서 벗어나는 것이었습니다.

저 멍청한 매춘부들의 품 안에서 느꼈던, 안심하고 푹 잠들 수 있는 마음과는 전혀 다른, (무엇보다 그 매춘부들은 명랑했습니다) 그 사기범의 아내와 보낸 하룻밤은, 저에게 있어 행복하고 (이처럼 엄청난 단어를 아무런 주저 없이 긍정하며 사용하는 일은, 이 수기 전체를 통해서 다시 없을 겁니다) 해방된 밤이었습니다.

하지만 단 하룻밤이었습니다. 아침에 눈을 뜨고 벌떡 일어났을 때, 저는 원래의 경박하고 가식적인 어릿광대가 되어 있었습니다. 겁쟁이는 행복조차 두려워하는 법입니다. 푹신한 솜에도 다치는 겁니다. 행복에 닿아도 상처를 입습니다. 상처 입기 전에 빨리 이대로 헤어지고 싶다는 조급함에, 예의 그 어릿광대의 연막을 펼치는 것이었습니다.

"돈이 끊기면 인연도 끊긴다는 말은, 사람들이 그 뜻을 거꾸로 알고 있는데, 돈이 없어지면 여자한테 차인다는 뜻이 아니야. 남자한테 돈이 없어지면, 남자는 저절로 의기소침해지고 못쓰게 돼서, 웃는 소리에도 힘이 없고 괜히 비뚤어

지다가, 결국에는 자포자기 상태가 되어 남자 쪽에서 여자를 찬다는 뜻이야. 반쯤 미쳐서 차고 또 차고 완전히 차버린다는 거지. 《가나자와 다이지린(金沢大辞林)》이라는 책에 그렇게 나와 있어. 불쌍하지. 나도 그 기분, 이해는 간다만.”

확실히, 그런 바보 같은 말을 해서, 쓰네코가 웃음을 터뜨렸던 게 기억이 납니다. 더 오래 있으면 안 되겠다, 위험하다 싶어서, 세수도 하지 않고 얼른 자리를 뜨면서 내가 “돈이 끊기면 인연도 끊긴다”고 아무렇게나 내뱉었던 것인데, 이 말이 나중에 가서 의외의 여운을 남겼습니다.

그 후 한 달 동안, 저는 그날 밤의 은인이었던 쓰네코와 만나지 않았습니다. 헤어진 날로부터 시간이 흐르자 기쁨은 점점 희미해졌고, 잠시 받았던 그 은혜가 도리어 무섭게 느껴지기 시작했습니다. 괜히 심한 속박을 느끼느라 그때 그 카페주점에서 계산을 전부 쓰네코에게 부담시켜버린 아주 사소한 일조차 점차 신경이 쓰이기 시작했습니다. 쓰네코 역시 하숙집 딸이나 그 여자 고등 사범생처럼 저를 협박하는 여자일 뿐일 거라는 생각에, 멀리 떨어져 있으면서도 끊임없이 쓰네코를 두려워했습니다. 게다가 저는 함께 잠을 잔 여자를 다시 만나면 어쩐지 그 순간 그녀가 갑자기 무섭게 화를 낼 것 같다고 생각했기 때문에, 결국 긴자는 멀리하게 되었습니다. 하지만, 내가 그처럼 만남을 꺼렸던 것은 결코 교활해서가 아니라, 여자라는 존재는, 같이 잔 것과 아침에 눈 뜨고 나서의 사이를 티끌만큼도 연결 짓지 않고, 완전히 잊어버린 듯, 완벽하게 두 개의 세계를 나누어 살아가는 존재라는 그 이상한 현상을, 제가 아직 제대로 이해하지 못했기 때문이었습니다.

11월 말, 저는 호리키와 함께 칸다의 포장마차에서 싸구려 술을 마시고 있었습니다. 이 나쁜 친구는 그 포장마차를 나온 후에도 어디 가서 술을 더 마시자고 했습니다. 우리 둘 다 이미 돈이

없는데도, 그래도 마시자, 마시자며 끈질기게 졸랐습니다. 그때 저는 술에 취해 대담해진 탓도 있었지만,

"좋아, 그럼 꿈의 나라에 데려가 줄게. 놀라지 마. 주지육림(酒池肉林)이란……"

"카페주점이야?"

"맞아."

"가자!"

그렇게 일이 흘러가 둘이 시영 전차를 탔습니다. 호리키는 신나서 떠들었습니다.

"나 오늘 밤은 여자에 굶주려 있거든. 호스테스한테 키스해도 돼?"

저는 호리키가 그렇게 취해서 추태를 부리는 모습을 그리 좋아하지 않았습니다. 호리키도 그걸 알기 때문에, 저한테 그렇게 확인을 했던 것입니다.

"잘 들어. 키스할 거야. 내 옆에 앉는 호스테스한테 꼭 키스하는 걸 보여줄게. 알았지?"

"알아서 해."

"고맙다! 나 지금 여자에 굶주렸다고!"

긴자 4번가에서 내려서 그 이른바 주지육림이라는 대형 카페주점에 쓰네코만 믿고 거의 무일푼인 채로 들어갔습니다. 비어 있는 박스 자리에 호리키와 마주 앉은 순간, 쓰네코와 또 다른 호스테스 한 명이 달려와서 그 호스테스는 내 옆에, 쓰네코는 호리키 옆에 털썩 앉는 게 아니겠습니까. 쓰네코는 이제 키스를 당하겠구나.

아깝다는 마음은 아니었습니다. 저는 원래 소유욕이란 것이 희박했고, 또 가끔 어렴풋이 아깝다는 마음이 들 때가 있어도 소유권을 당당히 주장하면서 남과 다툴 정도의 기력은 없었습니다. 나중에 저는 사실혼 관계에 있던 저의 아내가 다른 남자에게 범해지는 걸 묵묵히 지켜본 일조차 있었을 정도였습니다.

저는 인간들 사이의 분쟁에 되도록 관여하고 싶지 않았습니다. 그 소용돌이에 휘말릴까 봐 두려웠습니다. 쓰네코와 저는 단 하룻밤의 관계였을 뿐입니다. 쓰네코는 저의 것이 아닙니다. 아깝다는 어리석은 욕심을 제가 가질 리 없습니다. 그런데도 저는 흠칫 놀랐습니다.

제 눈앞에서 호리키에게 격렬한 키스를 당할 쓰네코의 처지가 불쌍하다는 생각을 하고 있었기 때문이었습니다. '호리키에게 더럽혀진 쓰네코는 이제 나와 헤어질 수밖에 없겠지. 게다가 나도 쓰네코를 붙잡아 둘 만큼의 열정은 없다. 아아, 이제 이것으로 끝이구나.' 쓰네코의 처지를 신경 쓰는 자신에게 순간 흠칫하긴 했지만, 저는 곧바로 흐르는 물처럼 순순히 체념하고, 호리키와 쓰네코의 얼굴을 번갈아 바라보며 히죽히죽 웃었습니다.

그러나 상황은 뜻밖에도 더 나쁘게 전개되었습니다.

"그만둘래!"

호리키는 입을 일그러뜨리며 말했습니다.

"아무리 나라도, 이런 우울한 여자랑은……"

호리키는 완전히 질린 듯이 팔짱을 끼고 쓰네코를 빤히 쳐다보면서 쓴웃음을 지었습니다.

"술 좀 줘. 돈은 없어."

저는 작은 목소리로 쓰네코에게 말했습니다. 정말로 술에 흠뻑 취해보고 싶은 심정이었습니다. 소위 속물들의 눈으로 보면, 쓰네코는 주정뱅이의 키스조차 받을 자격 없는, 그저 초라하고 세상사에 찌든 우울한 여자일 뿐이었습니다. 그것이 뜻밖에도 저로서는 벼락 맞은 듯한 충격이었습니다. 저는 지금껏 전례가 없었으리만치, 얼마든지, 얼마든지 술을 마셨고, 휘청휘청 취해서 쓰네코와 얼굴을 마주 보며 서로 애처롭게 웃음을 지어 보였습니다. 정말이지 그런 말을 듣고 보니, 이 여자는 묘하게 지쳐 있고 찌들어 있는 녀석이구나, 라고 생각하면서 동시에, 돈 없는 것들끼리의 친밀함(빈부의 불화는 진부한 듯해도 역시 드라마의 영원한 테마 중 하나라고 지금은 생각하고 있습니다만), 그것이, 그 친밀한 감정이 가슴 깊이 북받쳐 올라와서, 저는 쓰네코가 사랑스럽게 느껴졌고, 태어나서 처음으로 저 스스로 적극적으로, 비록 미약하나마 연심이 움직이는 것을 느꼈습니다. 토했습니다. 정신을 잃었습니다. 술을 마시고 이렇게까지 정신을 놓을 정도로 취한 것도 그때가 처음이었습니다.

눈을 떠보니, 베갯머리에 쓰네코가 앉아 있었습니다. 저는 혼쇼에 있는 목공소 2층 방에 누워 있었습니다.

"돈줄이 끊기면 인연도 끊긴다고 했을 땐 농담인 줄 알았는데, 진심이었구나. 한 번을 찾아주지 않다니. 참 인연이 끊기는 것도 쉽지 않네요. 내가 돈을 벌어줘도, 안 돼?"

"안 돼."

그러고 나서 여자도 잠자리에 누웠고, 날이 샐 무렵 그녀의 입에서 처음으로 '죽음'이라는 말이 나왔습니다. 그녀도 인간으로서의 삶에 지칠 대로 지쳐버린 것 같았고, 저 역시 세상에 대한 두려움과 번거로움, 돈 문제, 지하 운동, 여자, 학업, 그런 것들을 생각하면 도저히 더는 살아갈 수 있을 것 같지 않아서 그녀의 제안에 가볍게 동의했습니다.

하지만 그때까지만 해도 정말로 '죽자'는 각오가 생긴 건 아니었습니다. 뭔가 '놀이한다는 기분'이 숨어 있었습니다.

그날 오전, 우리 둘은 아사쿠사 록쿠* 거리를 정처 없이 헤맸습니다. 그러다 다방에 들어가 우유를 마셨습니다.

"당신이 계산해요."

저는 자리에서 일어나 소맷자락에서 동전 지갑을 꺼내 열어보았습니다. 동전 세 닢. 수치심보다도 처참하다는 느낌이 밀려왔고, 동시에 뇌리에 떠오른 것은 센유칸의 제 방이었습니다. 교

복과 이불만 덩그러니 남아 있을 뿐 전당포에 맡길 만한 물건조차 하나 없는 황량한 방. 그 외에는 지금 제가 입고 돌아다니는 허름한 옷과 망토. 이것이 저의 현실이라는 것을, 더는 살아갈 수 없다는 것을 분명하게 알았습니다.

내가 우물쭈물하고 있으니까, 여자도 일어나 제 지갑을 들여다보고,

"어머, 겨우 이것뿐이야?"

무심한 목소리였지만, 이게 또 뼈에 깊이 사무칠 만큼 아팠습니다. 처음으로 제가 사랑한 사람의 목소리였기에 아팠던 겁니다. 그렇다 할 것도, 이렇다 할 것도 못 되는 동전 세 닢은 애당초 돈이 아닙니다. 그것은 지금껏 한 번도 느껴본 적 없는 기묘한 굴욕이었습니다. 도저히 살아 있을 수 없는 굴욕이었습니다. 어차피 그 무렵의 저는 아직 부잣집 도련님이라는 범주에서 완전히 벗어나지 못하고 있었던 거겠지요. 그때 저는, 스스로 목숨을 끊자고, 마음속 깊이 결심했

습니다.

그날 밤, 우리는 가마쿠라의 바다에 몸을 던졌습니다. 여자는 "이 오비*는 가게 친구에게서 빌린 거니까"라며 오비를 풀어 개켜서 바위 위에 올려두었고, 저도 망토를 벗어서 같은 자리에 놓고 함께 물속으로 뛰어들었습니다.

여자는 죽었습니다. 그리고 저만 살아남았습니다.

제가 고등학교 학생이었고, 또 아버지의 이름에도 어느 정도 소위 뉴스 가치라는 것이 있었는지, 신문에서도 꽤 큰 사건으로 다뤄졌던 것 같았습니다.

저는 바닷가의 병원에 수용되었습니다. 고향에서는 친척 한 사람이 급히 달려와 여러 가지 뒷수습을 하고는, 고향의 아버지를 비롯한 집안 모두가 크게 분노하고 있으니, 이번 일 때문에

---

* 기모노 허리에 두르는 것.

본가와는 의절하게 될지도 모른다고 내게 전하고 돌아갔습니다. 하지만 저는 그런 일보다, 죽은 쓰네코가 그리워서 그저 훌쩍이며 울기만 했습니다. 정말로 지금까지 만난 사람들 중에서 그 세상사에 찌든 쓰네코만을 사랑했으니까요.

하숙집 딸에게서, 단가(短歌)를 오십 수나 늘어놓은 긴 편지가 왔습니다. 그 단가는 모두 "살아 줘"같이 이상한 말로 시작되었습니다. 또 병실에는 간호사들이 명랑하게 웃으며 놀러 왔고, 제 손을 꼭 잡고 돌아가는 간호사도 있었습니다.

왼쪽 폐에 이상이 있다는 것이 병원에서 발견되었고, 이것이 제게는 아주 유리한 상황이 되었습니다. 이윽고 자살 방조죄라는 죄명으로 병원에서 경찰에 끌려갔지만, 경찰은 저를 환자로 취급해서 특별 보호실에 수용해 주었습니다.

심야, 보호실 옆 숙직실에서 당직을 서던 나이든 순경이, 두 방 사이 문을 살며시 열고,

"이봐!"

하고 제게 말을 걸었습니다.

"춥지? 이리 와서, 불 좀 쬐게."

저는 일부러 맥없이 당직실로 들어가, 의자에 앉아 화롯불에 손을 쬐었습니다.

"당연한 말이겠지만, 죽은 여자가 그립겠지?"

"네."

저는 한층 기어들어 가는 것 같은 가느다란 목소리로 대답했습니다.

"그게, 인정이라는 거야."

그는 조금씩 질문의 수위를 올려갔습니다.

"처음, 그 여자와 관계를 맺은 건, 어딘가?"

그는 마치 재판관이라도 된 듯이 거드름을 피우며 물었습니다. 그는 저를 어린애로 얕보고, 가을밤의 무료함을 달래려는 듯, 마치 자신이 조사관인 양 행동하며 저에게서 외설스러운 술회를 끌어내려고 했습니다. 저는 재빨리 그 의도를 눈치채고, 웃음이 터질 뻔한 것을 억누르느라 애를 먹었습니다. 순경의 '비공식적인 심문'에는 일체의 대답을 거부해도 된다는 것을 저도 알고 있었지만, 그래도 긴긴 가을밤에 흥을 돋우기 위해, 어디까지나 순순히 그 순경이 진짜 조사관이며 형벌의 경중까지도 그가 마음먹기에 달렸다고 철석같이 믿어 의심치 않는다는 듯, 그의 음란한 호기심을 어느 정도 만족시킬 정도의 적당한 '진술'을 해줬습니다.

"좋아, 대충은 알겠네. 뭐가 되었든 솔직하게 대답하면, 우리 쪽에서도 그 점은 정상 참작을 해주지."

"감사합니다. 잘 부탁드립니다."

거의 신들린 연기였습니다. 하지만 그것은 저 자신에게는 하나도 득 될 것이 없는 열연이었습니다.

날이 밝고, 저는 서장에게 불려갔습니다. 이번에는 정식 취조였습니다.

문을 열고 서장실에 들어서자마자,

"오, 정말 미남이구나! 뭐, 자네 잘못이 아니

지. 이런 잘생긴 아들을 낳은 자네 어머니가 나쁜 거야.”

피부가 약간 검고, 대학물깨나 먹은 듯해 보이는 아직 젊은 서장이었습니다. 느닷없이 그런 말을 듣자 저는 마치 얼굴 절반에 붉은 점이 덮인, 흉측한 불구자가 된 것 같은 비참한 기분이 들었습니다.

이 유도나 검도 선수처럼 생긴 서장의 취조는는, 정말 담백했습니다. 간밤 나이 든 순경이 은밀하고 집요하며 색욕에 차 캐묻던 ‘취조’와는 천지 차이였습니다. 신문이 끝난 후, 서장은 검찰청에 보낼 서류를 작성하면서 말했습니다.

“몸을 좀 튼튼히 만들어야겠어. 피 섞인 가래가 나오는 것 같던데?”

그날 아침, 이상하게 기침이 나서 기침할 때마다 손수건으로 입을 가렸는데, 그 손수건에 마치 붉은 우박이 내린 듯이 피가 묻어 있었던 겁니다. 하지만 그 피는 목에서 나온 피가 아니라,

전날 밤 귀밑에 난 작은 종기가 터져서 나온 피였습니다. 하지만 저는 그것을 밝히지 않는 편이 유리하겠다는 느낌이 문득 들어서, 그저,

"네."

하고 눈을 내리뜬 채 공손하게 대답했습니다.

서장은 서류를 다 쓰고 나서,

"기소 여부는 검사님이 결정하겠지만, 자네 신원 보증인에게 전보나 전화로 오늘 요코하마 검사국에 와달라고 부탁하는 게 좋을 거야. 올 사람은 있겠지? 자네 보호자나 보증인이 되어줄 사람이."

저는, 아버지의 도쿄 별장에 드나들던 서화 골동품 상인, 시부타라는 사람이 떠올랐습니다. 우리 고향 사람이고 아버지의 예스맨 역할을 하던, 땅딸막한 40대 독신인 그 남자는 저의 학교 보증인이기도 했습니다. 그 남자의 얼굴, 특히 눈매가 넙치와 닮았다고 해서 아버지는 늘 그를 '넙치'라고 불렀고, 저도 그렇게 부르는 데 익숙했

습니다.

저는 경찰서의 전화번호부를 빌려 '넙치'의 집 전화번호를 찾아내, 그에게 전화해서 요코하마 검사국에 와달라고 부탁했습니다. '넙치'는 사람이 바뀐 듯이 거만한 말투로 전화를 받았지만, 그럼에도 어쨌든 승낙해 줬습니다.

"어이, 그 전화기 바로 소독하도록 해. 피 섞인 가래가 나오니까 말이야."

제가 다시 보호실로 돌아온 후, 순경들에게 그렇게 지시하는 서장의 큰 목소리가 보호실에 앉아 있는 제 귀까지 들려왔습니다.

점심때가 지나고, 저는 가는 삼실로 만든 포승줄에 묶여서 요코하마의 검찰청으로 향했습니다. 포승줄을 망토로 가리는 것은 허락되었지만, 그 끝을 쥔 젊은 순경과 둘이 함께 전철을 타고 이동했습니다.

그런데 저는 조금도 불안하지 않았고, 그 경찰서 보호실과 나이 든 순경이 그리웠습니다. 아,

저는 왜 이럴까요. 죄인으로 묶여 있을 때 오히려 마음이 놓이고 여유가 생기니 말이지요, 지금 이렇게 글을 쓰며 그때를 회상하는 동안에도, 정말 마음이 느긋하고 즐겁습니다.

그러나 그 시절의 그리운 추억 속에도 단 한 가지 평생 잊을 수 없는, 식은땀이 줄줄 흐를 만큼 부끄러운, 비참한 실수가 있었습니다. 저는 검찰청의 어두컴컴한 방 하나에서 검사로부터 간단한 심문을 받았습니다. 검사는 마흔 살 전후의 조용한 사람이었고, (내 얼굴이 잘생겼다면 그것은 말하자면 음란한 미모였을 테지만, 그 검사의 얼굴은 반듯한 미모라고 말하고 싶어지는, 즉 총명하고 고요한 기운이 느껴지는 얼굴이었습니다) 좀스럽지 않은 성격 같았기에 저도 전혀 경계하지 않고 멍하니 진술했습니다. 그러다 갑자기 기침이 나왔습니다. 저는 소맷자락에서 손수건을 꺼내다 손수건에 묻어 있던 피를 보고, 이 기침도 무슨 도움이 될지 모른다는 비열한 속셈으로, 손수건으로 입을

가리고 쿨럭, 쿨럭, 두 번쯤 거짓 기침을 과장되게 덧붙였습니다. 그러면서 검사 얼굴을 힐끗 본 그 찰나,

“진짜인가?”

차분한 미소였습니다. 식은땀이 날 만큼 몹시 부끄러웠습니다. 아니, 지금 생각해도 당황스럽습니다. 중학교 시절, 그 바보 다케이치가 “그거. 일부러 그런 거지?” 하며 등짝을 찔러 지옥에 떨어졌던, 그때의 기분보다도 더 비참했다고 해도 결코 과언이 아닐 겁니다. 그 일과 이 일, 이 두 가지가 제 인생에서 가장 큰 연기 실패의 기록입니다. 검사에게 그런 차분한 모멸을 당하기보다는 차라리 10년 형을 선고받는 편이 나았으리라고 가끔 생각할 정도입니다.

저는 기소 유예가 되었습니다. 그러나 전혀 기쁘지 않았고, 세상에서 가장 비참한 기분으로 검찰청 대기실 벤치에 앉아 넙치가 오기를 기다렸습니다.

등 뒤 높은 창문 너머로 저녁노을이 보였고, 갈매기들이 계집 '녀(女)' 자 모양으로 날고 있었습니다.

세 번째 수기

●

1

다케이치의 예언은 하나는 적중했고 하나는 빗나갔습니다. 여자들이 따를 거라는, 명예롭지 못한 예언은 맞았지만, 반드시 훌륭한 화가가 될 거라는 축복의 예언은 틀렸습니다.

저는 겨우 조악한 잡지에나 작품이 실리는 별 볼 일 없는 무명 만화가가 되었을 뿐입니다.

가마쿠라 사건으로 인해 고등학교에서 퇴학 당한 저는 넙치의 집 2층 다다미 세 장짜리 방에서 숙식을 해결하며 지냈습니다. 고향에서는 다

달이 아주 적은 금액의 돈을 보내왔는데, 그것도 저에게 직접 보낸 것이 아니라 넙치에게 은밀히 보내는 식이었고(게다가 그것도 형들이 아버지 몰래 보내주는 형식으로 했었나 봅니다), 나중에는 고향과의 인연도 완전히 끊겨버렸습니다. 저를 대하는 넙치는 늘 불편한 얼굴이었고, 제가 비위를 맞추려 억지웃음을 지어 보여도 따라 웃지 않았습니다. 인간이란 존재가 이렇게도 쉽게, 정말 손바닥 뒤집듯 변할 수 있는 것인가 싶어, 기막히다고 할까, 아니 차라리 우스꽝스럽다고 할까, 하고 생각될 만큼, 그는 완전히 딴사람처럼 저를 대했습니다.

"밖으로 나가면 안 됩니다. 아무튼, 나가지 말아요."

넙치는 제가 자살할 가능성이 있다고 의심하고 있는 것 같았습니다. 그러니까 그 여자를 따라 다시 바다에 뛰어들 위험이 있다고 봤는지, 저의 외출을 엄격히 금지했습니다. 술도 못 마시고 담배도 피우지 못하고, 그저 아침부터 밤까지 2층의 다다미 세 장짜리 방에서 고다츠*에 기어 들어가 낡은 잡지를 읽으며 바보나 다름없는 생활을 하고 있던 저는, 실제로는 자살할 기력조차 상실한 상태였습니다.

오쿠보의 의학 전문학교 근처에 있는 넙치의 집은, '서화 골동상, 청룡원(靑竜園)'이라고 간판의 글자만큼은 상당히 힘이 들어가 있었지만, 한 건물에 사는 두 집 중의 하나로 입구도 좁고, 가게 안은 먼지투성이에다가 어설픈 잡동사니만 진열되어 있었습니다. (물론, 넙치는 그 가게의 잡동사니들을 파는 것보다는, 이쪽의 이른바 '단골손님'의 비장품을 저쪽의 또 다른 '단골손님'에게 팔아주면서 돈을 버는 것 같았습니다) 넙치는 가게에 앉아 있는 일이 거의 없었고, 매일같이 아침부터 못마땅해 보이는 얼굴을 비치고는 서둘러 외출했습니다. 집을

---

* 탁자에 이불이나 담요를 덮어 사용하는 난방 기구.

지키는 것은 열일고여덟쯤 된 점원 아이 하나뿐이었는데, 이 아이가 저를 감시하는 역할을 맡고 있었습니다. 시간만 나면 근처 아이들과 밖에서 캐치볼을 하는 그 아이는, 2층에 사는 식객인 나를 마치 바보나 미친 사람으로 생각하는 듯 어른이 아이에게 훈계하듯이 잔소리까지 해댔습니다. 저는 다른 사람과 말다툼을 할 줄 모르는 성격이라서 피곤한 듯한, 또한 감탄하는 듯한 얼굴로 그 아이의 말에 귀를 기울이고 그 아이가 하는 말을 따랐습니다. 이 점원 아이는 시부타의, 넙치의 사생아인 듯했습니다. 어떤 말 못 할 사정이 있는지 그는 그 아이가 친자라는 것을 밝히지 않았는데, 그기 계속 독신으로 지내는 사징도 뭔가 그 아이와 관련이 있는 것 같았습니다. 저도 전에 집안사람들에게서 그에 관한 소문을 좀 들은 것 같긴 한데, 제가 워낙 남의 사생활에 별로 관심이 없는 편이라 깊은 사정까지는 알지 못합니다. 하지만 그 아이의 눈빛에서도 묘하게 물고기의 눈을 연상시키는 부분이 있는 걸 보아하니, 어쩌면 정말 넙치의 사생아일지도…… 그러나 그렇다면, 두 사람은 참으로 쓸쓸한 부자 관계였습니다. 밤늦게, 2층에 있는 나 몰래 둘이서 소바를 시켜 먹을 때에도 그저 아무 말 없이 먹을 뿐이었습니다.

넙치의 집에서는 식사는 언제나 그 점원 아이가 만들었습니다. 2층 애물단지의 식사만은 따로 쟁반에 올려서 하루 세 번씩 가져다주었고, 넙치와 그 애는 계단 아래의 눅눅한 다다미 네 장 반짜리 방에서 달그락달그락 사기그릇이 부딪치는 소리를 내면서 분주하게 식사를 했습니다.

3월 말 어느 저녁, 넙치는 뜻밖의 돈벌이 기회라도 생겼는지, 아니면 다른 어떤 책략이라도 있었는지, (그 두 가지 추측이 모두 맞았다고 하더라도, 아마도 몇 가지 더, 나로서는 도저히 추측 못 할 세세한 원인이 있었을 테지만) 뜬금없이 나를 술병까지 놓인 계단 아래 식탁에 초대해서 넙치가 아닌 참치

회를 대접하며, 자기가 대접하는 음식을 스스로 칭찬하더니, 멍하니 있는 저에게도 술을 조금 권하며 말했습니다.

"대체 앞으로 어쩔 셈입니까?"

저는 그 말에 답하지 않고, 식탁 위 접시에서 다타미이와시*를 집어 들어 그 작은 생선들의 은빛 눈알을 바라보았습니다. 그러고 있자니 어렴풋이 술기운이 올라와서 한량처럼 놀고 다니던 시절이 그립고, 호리키마저도 그립고, '자유'가 간절히 그리워져서, 갑자기 울고 싶어지는 것이었습니다.

저는 이 집에 온 뒤로는, 어릿광대 연기를 할 의욕조차 없이, 그저 넙치와 애송이의 멸시 속에 몸을 내맡기고 있었습니다. 넙치 쪽에서도 저와 허물없이 긴 이야기를 나누는 것을 피하는 듯했고, 저 역시 넙치를 붙잡고 무언가를 호소할 마

---

* 뱅어포 비슷하게 잔 멸치류를 김처럼 붙여 말린 포.

음 같은 것은 전혀 일어나지 않아서, 거의 완벽하게 멍청한 얼굴의 식객이 되어 지내고 있었습니다.

"기소 유예라는 건, 전과 몇 범이라든가 하는 식으로 기록이 남지는 않는 모양이에요. 그러니까 뭐, 결국은 마음만 먹으면 원래대로 돌아갈 수 있어요. 당신이 만약 마음을 바꿔서 나하고 진지하게 상담하길 원한다면 나도 한번 생각해 보겠습니다."

넙치의 말투에는, 아니, 모든 세상 사람들의 말투에는 이처럼 성가시고 어딘가 모호해서 도망치려는 게 아닌가 싶은 미묘한 복잡함, 거의 무익하다고 여겨지는 엄중한 경계심, 헤아릴 수 없을 정도로 많은 성가신 흥정들이 스며 있었습니다. 그런 말투를 대할 때마다 저는 항상 당황했고, 아무려면 어때 하는 마음이 되어, 어릿광대 연기로 희화화하여 대응하거나, 또는 묵묵히 고개만 끄덕이며 모든 것을 맡겨버리는, 말하자면 패배자의 태도를 취하곤 했습니다.

이때도 사실 넙치가 저에게 다음과 같이 간단히 이야기해 주었더라면, 그걸로 충분했을 일이라는 것을, 저는 훗날이 되어서야 알게 되었습니다. 그러나 그때는 넙치의 쓸데없는 조심성, 아니, 오히려 세상 사람들의 이해할 수 없는 허세와 체면치레 때문에 저는 마음이 참으로 우울해졌습니다.

넙치는 그때 그냥 이렇게 말하면 됐었습니다.

"국립이든 사립이든, 어쨌든 4월부터는 어디든 학교에 들어가도록 해요. 생활비는 학교에 들어가면 고향에서 넉넉하게 보내주기로 했습니다."

한참 뒤에야 알게 된 것이지만, 사실은 그렇게 되어 있었던 겁니다. 그리고 저도 그 충고를 따랐겠지요. 그런데도 넙치가 지나치게 조심스럽게 돌려 말하는 바람에, 일이 이상하게 꼬여버렸고, 제 인생의 방향까지 완전히 바뀌어버린 것입니다.

"나하고 진지하게 상담할 마음이 없다면, 어쩔 수 없지요."

"무슨 상담을요?"

저는 정말 아무것도 짐작할 수가 없었습니다.

"그건 당신 가슴속에 있겠죠?"

"예를 들면요?"

"예를 들다니요, 당신 스스로 앞으로 어떻게 할 생각입니까?"

"일을 하는 게 좋을까요?"

"아니, 당신은 도대체 뭘 하고 싶은데요?"

"그게, 학교에 들어간다고 해도……"

"물론 돈이 필요하겠지요. 하지만 문제는 돈이 아니에요. 당신의 마음이에요."

그때 돈은 어쨌든 오게 되어 있으니까 괜찮다고, 왜 한마디 말해주지 않았을까요. 그 한마디에 따라 내 마음도 정해졌을 텐데. 하지만 저한테는, 그저 모든 게 오리무중(五里霧中)이었습니다.

"어떻습니까? 장래에 대한 어떤 희망 같은 게

있나요? 도대체가, 정말이지 사람을 한 명 돌본다는 게 얼마나 힘든 일인지, 돌봄을 받는 사람은 알지 못할 겁니다.”

“죄송합니다.”

“정말 걱정되는 일이에요. 나도 한번 당신을 맡아서 돌보기로 한 이상, 당신이 어중간한 마음가짐으로 있는 것은 바라지 않아요. 당당하게 갱생의 길을 걷겠다는 각오 정도는 보여줬으면 합니다. 예를 들어, 당신의 장래 방침, 그것에 대해 당신이 나한테 진지하게 상담을 요청한다면, 나도 그 상담에 응할 생각입니다. 물론 나처럼 가난한 넙치가 돕는 거니까, 예전 같은 사치를 바란다면 기대에 미치지 못할 겁니다. 하지만 당신의 마음이 확고하고, 장래의 방침을 확실하게 세워 나한테 상담을 한다면, 나는 비록 아주 조금씩일지라도 당신의 갱생을 위해 도움을 줄 생각을 하고 있어요. 내 마음, 알겠어요? 도대체, 당신은 앞으로 어떻게 할 생각입니까?”

"여기 2층에서 지낼 수 없다면, 일을 해서……"

"진심으로 그런 말을 하는 겁니까? 지금 같은 세상에서, 설령 제국대학을 나왔다 하더라도……"

"아니요, 회사원이 되려는 게 아니에요."

"그럼, 뭡니까?"

"화가요."

눈 딱 감고 그 말을 했습니다.

"허어?"

저는 그때 목을 움츠리며 웃는 넙치의 얼굴에 어른거리던, 참으로 교활해 보이던 그림자를 잊을 수 없습니다. 경멸의 그림자와 비슷하지만 그것과도 다르고, 세상을 바다에 비유하자면, 그 바다의 천 길 깊은 곳에서 흔들리고 있는 기묘한 그림자 같달까, 뭔가 어른의 생활 속 깊은 속내가 언뜻 엿보이는 듯한 웃음이었습니다.

그런 식으로는 이도 저도 안 돼, 조금도 정신을 차리지 못했어, 생각해 봐라, 오늘 하룻밤 진지하게 생각해 봐라, 라는 말을 듣고서 저는 쫓기듯 2층으로 올라가 누웠지만, 막상 아무 생각도 떠오르지 않았습니다. 날이 밝아올 때쯤 저는 넙치의 집에서 도망쳤습니다.

저녁에는 틀림없이 돌아오겠습니다. 아래 적힌 친구 집에 장래의 일에 대해 의논하러 갔다 오는 것이니 걱정 마세요. 정말로.

원고지에 연필로 큼직하게 쓰고 나서, 호리키 마사오의 이름과 아사쿠사에 있는 집 주소를 적고, 몰래 넙치의 집을 나왔습니다.

넙치에게 설교를 들은 것이 분해서 도망친 게 아니었습니다. 실제로 저는 넙치가 말한 대로 정신을 조금도 못 차린 남자였고, 장래의 방침이 됐든 뭐가 됐든 전혀 짐작조차 할 수가 없었으며, 넙치의 집에서 계속 신세를 지고 있는 것도 미안했고, 만일 저에게도 분발하려는 마음이 생기고, 뜻을 세우게 된다고 한들, 그 갱생 자금을 가난한 넙치에게서 매달 지원받는다고 생각하니, 너무도 마음이 괴로워서 그 이층집에 더 이상 머무를 수는 없다는 생각이 들어 도망친 것이었습니다.

하지만 이른바 '장래의 방침'을 호리키 따위와 의논해 보자고 생각해서 넙치의 집을 나온 것은 결코 아니었습니다. 그저 잠시라도, 아주 조금이라도 넙치를 안심시켜 주고 싶었고, (넙치가 안심하고 있는 사이에 조금이라도 더 멀리 도망가고 싶은 마음에 탐정 소설 같은 전략으로 그런 메모를 썼다기보다는, 아니, 그런 마음도 어렴풋이 있었던 건 틀림없지만, 그보다는 역시, 넙치에게 갑자기 충격을 줘서 그를 혼란스럽고 당황스럽게 만드는 것이 두려운 나머지 그렇게 했다고 하는 편이 조금은 더 정확할지도 모릅니다. 어차피 들킬 게 뻔한데도, 있는 그대로 말하는 게 무서워서, 반드시 뭔가 일을 꾸며내는 것이 저의 슬픈 습성 중 하나였습니다. 그것은 세상 사람들이 '거짓말쟁이'

라며 경멸하는 습성과 비슷해 보이는 것이긴 하지만, 저는 저 자신에게 이익을 주려고 그렇게 일을 꾸민 경우는 거의 없었고, 다만 분위기가 한순간에 싸늘하게 변하는 것이 숨막힐 정도로 무서워서, 나중에 불리해질 것을 알면서도, 예의 그 '필사적인 봉사', 비록 왜곡되고 보잘것없고 어리석은 봉사라 하더라도, 그 봉사의 마음에서, 그만 한마디 꾸며서 말해버리곤 한 것 같습니다. 그러나 저는 또한 이러한 습성 때문에 세상의 이른바 '정직한 사람들'에 의해 실컷 농락당하기 일쑤였습니다) 그때에도 어쨌든 봉사하는 마음으로 문득 기억 속에서 떠오른 대로 호리키의 주소와 이름을 편지지 구석에 적었던 것뿐입니다.

저는 넙치의 집을 나와 신주쿠까지 걸어가서 일단 가지고 나온 책을 팔았는데, 그러고 나니 그다음에는 뭘 해야 할지 다시 막막해졌습니다. 저는 남들에게는 붙임성 있게 대하는 편이지만, '우정'이라는 것을 느껴본 적이 없었습니다. 호리키처럼 그저 같이 노는 친구는 별도로 치더라도, 모든 인간관계가 그저 고통스럽게 느껴져서 그 고통을 완화하기 위해 필사적으로 어릿광대 연기를 하다가 지쳐 나가떨어질 뿐이었습니다. 겨우 몇 번 본 적 있는 얼굴이나 그와 비슷한 얼굴을 거리에서라도 마주치면 깜짝 놀라 어쩔 줄을 몰랐습니다. 저 자신이 사람들에게 호감을 산다는 건 알고 있었지만, 누군가에게 애정과 호감을 표시하는 능력은 어쩐지 결여되어 있는 것 같았습니다. (무엇보다도, 저는 세상 사람들에게도 과연 그런 '사랑'의 능력이 있는지 어떤지, 참으로 의문스럽습니다) 그런 저에게, 이른바 '사이좋은 친구' 같은 게 생길 리 없었고, 게다가 저는 다른 사람의 집을 '방문'할 용기조차 없었습니다. 남의 집 대문은 저에게 저 '신곡(神曲)'의 지옥문보다 더 으스스하니 기분 나쁘게 다가왔고, 그 문 안쪽에서 무시무시한 용처럼 비린내 나는 기이한 괴물들이 꿈틀거리고 있는 기척을, 과장이 아니라, 실제로 느꼈습니다.

누구하고도 사귀지 못한다. 그 어디도 찾아갈 곳이 없다.

호리키.

그야말로, 말이 씨가 된 꼴이었습니다. 두고 나온 편지에 쓴 그대로, 저는 아사쿠사의 호리키를 찾아간 것입니다. 저는 지금까지 제 쪽에서 호리키의 집을 찾아간 적이 단 한 번도 없었고, 대부분 전보를 보내 호리키를 제 쪽으로 불러들이곤 했습니다. 지금은 전보를 보내느라 돈을 쓰는 것조차 아까울 정도로 마음에 여유가 없었습니다. 게다가 몰락한 처지에서 오는 뒤틀린 자격지심 때문에 전보만 보내서는 호리키가 와주지 않을지도 모른다는 생각이 들어서, 결국 저로서는 가장 서툰 행위인 '방문'을 결심하고 한숨을 내쉬며 시영 전철을 탄 것이었습니다. 제가 세상에서 유일하게 의지할 수 있는 줄이 바로 저 호리키뿐임을 깨닫자, 등줄기가 서늘해질 정도로 처연한 기분이 들었습니다.

호리키는 집에 있었습니다. 그의 집은 지저분한 골목 끝에 있는 이층집으로, 그는 2층의 다다미 여섯 장짜리 단칸방을 쓰고 있었고, 아래층에서는 그의 노부모와 젊은 직원, 이렇게 셋이서 게다의 끈을 꿰매거나 두드려서 제조하는 일을 하고 있었습니다.

그날 호리키는 나에게 약삭빠르고 계산적인 도시 사람으로서의 새로운 면모를 보여주었습니다. 그는 시골 출신인 제가 아연실색하며 눈을 둥그렇게 뜰 정도로 차갑고 교활한 이기주의자였습니다. 나처럼 그저 이리 휩쓸리고 저리 휩쓸리는 남자는 아니었던 겁니다.

"너란 녀석은, 정말 어이가 없다. 너, 아버지한테 허락은 받았어? 아직이야?"

도망쳐 왔다고는 말할 수 없었습니다.

저는 언제나 그렇듯이 얼버무렸습니다. 바로 들킬 게 뻔한데도, 얼버무렸습니다.

"그건, 어떻게든 될 거야."

“야, 웃을 일이 아니야. 충고하겠는데, 바보짓도 이쯤에서 그만둬라. 나는 오늘 좀 볼일이 있거든. 요즘 좀 바쁘단 말이야.”

“볼일이라니, 무슨?”

“야, 야, 방석 실 좀 뜯지 마.”

이야기를 나누는 중에 저는 깔고 앉아 있는 방석에서 꿰맨 실이라고 해야 할지, 묶은 끈이라고 해야 할지, 그 방석 네 귀퉁이에 달린 술 같은 실 하나를 무심코 손끝으로 만지작거리다가 휙 잡아당기기도 했습니다. 호리키는 자기 집의 물건이라면 방석의 실 한 올도 아까운 듯, 전혀 부끄러운 기색도 없이 눈에 각을 세우고 저를 나무랐습니다. 생각해 보면, 호리키는 지금까지 저와 어울려 다니면서 단 한 번도 손해를 본 일이 없었습니다.

호리키의 노모가 단팥죽 두 그릇을 쟁반에 올려서 들고 왔습니다.

“뭐 이런 걸.”

호리키는 진심으로 효도하는 아들처럼, 어머니를 향해 몹시 미안해하며 부자연스러울 정도로 공손하게 말했습니다.

"단팥죽인가요? 정말 맛있어 보이네요. 이런 거 안 내오셔도 됐는데요. 볼일 보러 곧 외출해야 하거든요. 그래도 모처럼 만들어 주신 어머니의 자랑거리인 단팥죽인데, 맛있게 먹고 나가겠습니다. 너도 먹어봐. 어머니가 일부러 만들어 주신 거야. 아, 이거 정말 맛있네. 굉장하네."

호리키는 딱히 연기한 게 아니었는지 몹시 기뻐하며 맛있게 단팥죽을 먹었습니다. 저도 단팥죽을 조금 떠서 후루룩 먹었는데, 끓인 물 냄새가 나고, 새알심을 떠먹었더니 그건 떡이 아니라 무엇인지 알 수 없는 재료로 만든 것이었습니다. 결코 그 집의 가난을 경멸한 것은 아니었습니다. (그때 그것을 맛없다고 생각하지도 않았고, 또 노모의 정성도 충분히 느껴졌습니다. 저는 가난에 대한 공포심은 있어도, 경멸하는 마음은 없다고 생각합니다) 그 단팥죽, 그리고 그것을 진심으로 기뻐하는 호리키를 보면서, 저는 도시인의 살뜰한 본성, 그리고 집안과 바깥을 철저히 구분하며 살아가는 도쿄 사람들의 실체를 보는 것 같았습니다. 그러나 안팎을 가리지 않고 그저 끝도 없이 사람들의 생활에서 도망치기만 하는 팔푼이인 저는, 완전히 혼자만 남겨지고 호리키에게조차 버림받은 듯한 기분이 들어서, 칠이 벗겨진 나무젓가락으로 단팥죽을 먹으며 참을 수 없이 서글픈 기분이 들었음을 여기에 적어두고 싶은 것뿐입니다.

"미안하지만, 오늘은 볼일이 있어서 말이야."

호리키는 일어서서 겉옷을 입으며 그렇게 말하고,

"실례할게, 미안하지만."

그때 호리키에게 한 여자가 찾아왔고, 나의 처지도 급변하게 되었습니다.

호리키는 갑자기 활기를 띠며,

"아, 죄송합니다. 사실 방금 당신 댁으로 찾아

뵈려고 생각하고 있었는데요, 이 사람이 갑자기 찾아와서요. 아니, 괜찮습니다. 자, 어서 들어오세요."

호리키는 꽤나 당황한 듯, 제가 깔고 앉아 있던 방석을 빼서 뒤집어 내미는 것을 낚아채서 다시 뒤집어 그 여인에게 권했습니다. 방 안에는 호리키가 쓰는 방석 외에 손님용 방석은 단 하나밖에 없었습니다.

그 여자는 마르고 키가 컸습니다. 그 여자는 그 방석을 옆으로 치워두고, 입구 근처 한쪽 구석에 앉았습니다.

저는 멍하니 두 사람의 대화를 듣고 있었습니다. 여자는 잡지사 사람이고, 호리키에게 진작에 의뢰해 두었던 삽화인지 뭔지를 받으러 온 것 같았습니다.

"급해서요."

"해놨습니다. 벌써 한참 전에 완성돼 있었습니다. 이겁니다, 여기요."

그때 전보가 왔습니다. 호리키가 그것을 읽더니, 신이 난 얼굴을 순식간에 험악하게 굳히고,

"쳇! 너, 이게 도대체 무슨 일이야?"

넙치에게서 온 전보였습니다.

"아무튼, 당장 집으로 돌아가. 내가 널 데려다주면 좋겠지만, 나한테는 지금 그럴 여유가 없어. 가출했다고? 그러면서 그런 태평스러운 얼굴이라니."

"댁은 어디신가요?"

"오쿠보입니다."

저는 무심코 대답했습니다.

"그렇다면 저의 회사 근처니까 같이 가죠."

여자는 고슈(甲州) 출신으로 스물여덟 살이었습니다. 다섯 살이 된 딸과 함께 고엔지의 연립 주택에 살고 있었습니다. 남편과 사별한 지 3년이 되었다고 했습니다.

"당신은 제법 고생하며 자란 사람 같네요. 그래서 눈치가 빠른가. 가엾어라."

저는 처음으로, 여자에게 얹혀사는 생활을 하게 되었습니다. 시즈코(그 여기자의 이름이었습니다)가 신주쿠의 잡지사에 출근하면, 저와 다섯 살 난 딸 시게코, 둘이서 얌전히 집을 지키며 기다리면 됐습니다. 그 전에 시게코는 어머니가 없는 동안 연립주택 관리인 방에서 놀곤 했던 모양이었지만, '눈치 빠른' 아저씨가 놀이 상대로 나타나자, 아주 좋아했습니다.

한 주 정도, 멍하니 저는 그곳에 있었습니다. 연립주택 창문 바로 근처 전선에 얏코연* 하나가 걸려 있었습니다. 봄의 먼지 바람에 날리며 찢어졌지만, 그래도 꽤 끈질기게 전선에 매달려, 저를 향해 뭔가 고개를 끄덕이는 것처럼 보여서, 저는 그것을 볼 때마다 씁쓸한 웃음으로 답하며 얼굴을 붉혔으며, 꿈속에서도 그것을 보고 악몽에 시달렸습니다.

---

* 얏코는 에도시대 무가의 종복으로, 이 모습을 본떠서 만든 연이 얏코연이다.

“돈이 필요해.”

“……얼마 정도?”

“많이. ……돈이 끊기면 인연도 끊긴다, 그게 맞는 말이야.”

“바보 같아. 아무리 그럴까, 구식이야…….”

“그래? 하지만, 너는 모를 거야. 이대로라면, 나는 도망칠 수밖에 없을지도 몰라.”

“도대체, 어느 쪽이 가난한 거야? 그리고, 어느 쪽이 도망가는 거야? 이상하네.”

“나는 돈을 벌어서, 그 돈으로 술, 아니 담배를 사고 싶어. 그림도 호리키 같은 사람보다 내가 훨씬 잘 그린다고 생각하고 있어.”

그런 말을 하면서 제 머릿속에는 타케이치가 ‘귀신’이라고 했던, 중학교 시절에 그린 몇 장의 자화상이 떠올랐습니다. 잃어버린 걸작. 그동안 사는 곳을 몇 번 옮기는 와중에 잃어버리고 말았지만, 그것만큼은 확실히 뛰어난 그림이었다고 생각하고 있었습니다. 그 후, 그림을 여러 번 그려보았지만, 그 추억 속의 걸작에는 먼발치에도 미치지 못했고, 그때마다 저는 항상 가슴이 텅 비는 듯 나른한 상실감에 시달렸습니다.

마시다 남은 한 잔의 압생트.

저는 그 영원히 보상할 수 없을 것 같은 상실감을, 몰래 그렇게 표현했었습니다. 그림 이야기가 나오자 저의 눈앞에 그 남겨진 한 잔의 압생트가 아른거렸고, 아, 그 그림을 이 사람에게 보여주면 내 그림 실력을 믿을 텐데, 하는 생각에 미칠 것 같았습니다.

"후후, 글쎄. 당신은 진지한 얼굴로 농담을 해서 귀여워."

농담이 아니야, 진짜라고, 아, 그 그림을 보여주고 싶어, 하고 생각하다가 문득 마음을 돌려 포기하고 익살스럽게 말했습니다.

"만화지. 적어도 만화라면 호리키보다는 내가 더 잘 그릴걸."

그녀는 저의 얼버무리는 말을 오히려 진지하

게 받아들였습니다.

"그래요. 나도 사실 감탄했어. 시게코한테 늘 그려주는 만화, 나도 모르게 웃게 되더라. 한번 그려볼래요? 우리 회사 편집장한테 부탁해 볼 수 있어요."

그 회사는 별로 이름이 알려지지 않은, 아이들 대상 월간지를 발행하고 있었습니다.

"……당신을 보면, 여자들은 대부분 뭔가 해 주고 싶어져. ……늘 주눅 들어 있으면서, 그러면서도 사람을 웃게 만들잖아. ……가끔, 혼자 바닥없이 가라앉기도 하지만, 그 침울한 모습이 여자의 마음을 오히려 더 간지럽혀."

그 밖에도 시즈코가 이런저런 말을 하고 치켜세우기도 했지만, 그것이 곧 여자에게 얹혀사는 남자가 보여주는 역겨운 특성이라고 생각하면 정말로 더욱더 '가라앉을' 뿐 전혀 기운이 나지 않았습니다. 여자보다는 돈, 어쨌든 속으로 시즈코로부터 벗어나 자립하고 싶다는 생각을 하면서 방법을 궁리했지만, 실제로는 점점 더 시즈코에게 의지해야 하는 처지가 되었습니다. 가출 이후 뒤처리니 뭐니를 거의 전부 이 남자 못지않은 고슈 출신 여장부의 도움을 받아 해결하면서 갈수록 더 소위 '주눅 들어간' 겁니다.

시즈코의 주선으로, 넙치, 호리키, 그리고 시즈코, 세 사람의 회담이 성사되었습니다. 그 결과 저는 고향으로부터 완전히 절연당했으나 시즈코와 '대놓고' 동거하게 되었습니다. 또한 시즈코의 분주한 노력 덕분에 제 만화도 뜻밖에 돈이 되었고, 저는 그 돈으로 술도 사고 담배도 샀지만, 제 마음의 불안감과 답답함은 갈수록 더해 갔습니다. 정말 바닥까지 '가라앉'고 '가라앉'아, 시즈코네 잡지에 매월 연재되는 만화 '킨타 씨와 오타 씨의 모험'을 그리고 있자면, 불쑥 고향의 집이 떠올라 너무나 쓸쓸한 나머지 펜이 움직이지 않아, 고개를 숙인 채 눈물을 흘린 적도 있었습니다.

그런 시절의 저에게 시게코는 희미한 구원과
도 같았습니다. 시게코는 그즈음부터 저를 아무
거리낌 없이 '아빠'라고 불렀습니다.

"아빠. 기도하면 신께서 뭐든 다 주신다는 거,
진짜야?"

저야말로, 기도하고 싶은 심정이었습니다.

아아, 저에게 냉철한 의지를 주소서. 저에게
'인간'의 본질을 깨닫게 하소서. 사람이 사람을
밀쳐내도 죄가 되지 않는 거라면, 저에게도 그럴
수 있게 하는 분노의 가면을 주소서.

"응, 그래. 시게짱에게는 무엇이든 주시겠지
만, 아빠한테는 아닐지도 몰라."

저는 신에게도 겁먹고 있었습니다. 신이 내주
는 사랑은 믿지 못한 채 신이 내리는 벌만을 믿었
습니다. 신앙. 그것은 단지 신의 채찍을 받기 위
해 고개 숙이고 심판대를 향하여 걸어가는 것이
라고 생각했습니다. 지옥이 있다는 건 믿을 수 있
어도, 천국의 존재는 도무지 믿을 수 없었습니다.

"아빠한테는 왜 안 되는데?"

"부모님 말씀을 거역했으니까."

"그래? 사람들은 모두 아빠는 아주 좋은 사람이라고 하는데."

그건, 속이고 있기 때문입니다. 이 연립주택에 사는 사람들 모두가 저에게 호의를 보이고 있다는 건 저도 알고 있습니다만, 사실은 그들이 얼마나 두려운지 모릅니다. 두려워하면 할수록 그들이 저를 좋아하고, 그렇게 그들이 저를 좋아하면 할수록 저는 더 두려워서, 그들로부터 멀어져야만 하는, 이 불행한 병적 성향을 시게코에게 설명해 주는 것은 매우 어려운 일이었습니다.

"시게짱은, 도대체, 신에게 뭘 달라고 하고 싶은데?"

저는 자연스럽게 화제를 돌렸습니다.

"시게코는요, 시게코의 진짜 아빠가 갖고 싶어요."

흠칫 놀라, 어질어질 현기증이 났습니다. 적.

제가 시게코의 적인지, 시게코가 저의 적인지, 어쨌든, 여기에도 저를 위협하는 무서운 어른이 있었습니다, 타인, 불가해한 타인, 비밀투성이의 타인, 시게코의 얼굴이 갑자기 그렇게 보이기 시작했습니다.

시게코만은, 하고 생각했는데, 역시, 이 아이도 그 '갑자기 파리를 때려죽이는 소꼬리'를 가지고 있었던 겁니다. 저는 그 이후로 시게코에게조차 주눅 들어 있어야 했습니다.

"야, 색마! 있냐?"

호리키가 다시 저에게 찾아오기 시작했습니다. 제가 가출하던 날, 그렇게 저를 외롭게 만든 남자인데도 찾아온 그를 기부하지 못하고 이렴풋이 웃는 얼굴로 맞이했습니다.

"네 만화, 꽤 인기가 있다더구나. 역시 아마추어들은 무서운 걸 모른다니까. 하지만 방심하지 마. 데생이 요만큼도 안 돼 있어."

스승님 같은 태도까지 내보입니다. 저의 그

'귀신' 그림을 보여주면 어떤 얼굴을 할까, 하고 늘 하던 헛된 생각을 또 떠올렸습니다.

"그런 말 하지 마. 으악 하고 비명이 나올 판이니까."

호리키는 점점 득의양양해져서,

"임기응변의 처세술만으로는, 언젠가는 허점이 드러날 수 있어."

처세술이라. ……저는 정말로 쓴웃음만 나왔습니다. 저한테, 처세술이라니! 제가 사람을 두려워하고, 피하고, 속이는 것을 두고, "신을 건드리지 않으면 재앙이 없다"라는 속담처럼 교활한 처세술을 쓰는 거라고 생각하다니! 아, 인간은 상대에 대해 서로 전혀 모르거나 또는 잘못 안 채, 상대를 유일무이한 친구라고 생각하며 평생을 살다가, 상대가 죽으면 울면서 추도사를 읽는 존재인가요.

호리키는, 어쨌든 (그건 시즈코에게 떠밀려 마지못해 맡았던 게 틀림없지만) 저의 가출 뒤처리에 입

회한 사람이었기 때문에, 마치 저의 갱생의 대은
인이거나, 월하빙인*인 양 행동하며, 그럴싸한
얼굴로 훈계 나부랭이를 떠들거나 심야에 술이
취해 찾아와서 자고 가기도 하고, 때로는 5엔(항
상 5엔이었습니다)을 꿔 가기도 했습니다.

"그런데 너, 여자랑 놀아나는 것도 이쯤에서 그
만둬. 이 이상은 세상이 용서하지 않을 테니까."

세상이라 함은, 도대체 무엇을 말하는 걸까
요. 사람들의 집합을 말하는 걸까요. 도대체 그
'세상'이라는 것의 실체는 어디에 있는 걸까요.
아무튼, 세상이란 강하고 엄격하고 무서운 것으
로만 생각하며 지금까지 살아왔는데, 호리키에
게 그런 말을 듣는 순간, 문득, '세상이란, 네가
아니겠어?'라는 말이 혀끝까지 나왔다가, 호리
키를 화나게 하기 싫어서 집어넣었습니다.

'그건 세상이 용서하지 않을 거야.'

‘세상이 아니야. 네가 용서하지 않는 거잖아?’

‘그런 짓을 하면, 세상에 큰 봉변을 당할 거야.’

‘세상이 아니야. 너잖아?’

‘곧 세상에서 매장당할 거야.’

‘세상이 아니야. 매장하는 건 너잖아?’

너야말로 너 자신의 혐오스러움, 괴기함, 악랄함, 늙은 너구리 같은 교활함, 그 요부 같은 성질을 알아라! 등등 수많은 말들을 동원하여 속으로 욕을 해댔지만, 저는 그냥 얼굴에 흐르는 땀을 손수건으로 닦고,

“식은땀이 다 나네, 식은땀이.”

하며 웃기만 했습니다.

하지만, 그때 이후로 저는 ‘세상이란 개인이 아닐까’ 하는 사상 같은 것을 갖게 되었습니다.

세상이라는 것이 실은 그저 개인일 뿐일지도 모른다는 생각이 들자, 저는 지금까지와는 달리 얼마간 제 의지로 행동할 수 있게 되었습니다. 시즈코의 말을 빌려 말하자면, 저는 조금 제멋대

로 굴게 되었고 주눅 들지 않게 되었습니다. 또
한 호리키의 말을 빌리자면, 이상하게 구두쇠가
되었습니다. 또 시게코의 말을 빌리자면, 시게
코에게 별로 애정을 느끼지 않게 되었습니다.

매일매일 말하지도 웃지도 않으면서 시게코
를 돌봤고, '킨타 씨와 오타 씨의 모험'이라든가,
또 〈무사태평 아버지〉*의 명백한 아류인 '무사태
평 스님'이라든지, 또 '성급한 핀짱'이라는, 저조
차 이해할 수 없는 될 대로 되라는 식의 제목의
연재만화를, 이 회사 저 회사의 주문에 (드문드문,
시즈코네 회사 말고도 주문이 들어오기 시작했지만, 모
두 시즈코네 회사보다 더 저속한, 이른바 삼류 출판사로
부터의 주문뿐이었습니다) 응하여, 정말로 정말로
침울한 기분으로 느려터지게 그려냈습니다(저
는 붓놀림이 몹시 느린 편이었습니다). 단지 술값이
필요해서 그림을 그렸고, 시즈코가 회사에서 돌

아오면 그녀와 교대로 획 밖으로 나가 코엔지 역 근처의 포장마차나 스탠드바에서 싸고 독한 술을 마신 후 조금 기분이 좋아져서 연립주택으로 돌아왔습니다.

"시즈코 너의 얼굴은 볼수록 참 이상해. 천하태평 스님의 얼굴은 사실, 너의 잠든 얼굴에서 힌트를 얻은 거야."

"당신 잠자는 얼굴도 많이 늙었어요. 마흔 살 남자 같아."

"너 때문이야. 다 빨아먹혔어. 흐르는 물이랑 사람의 몸은 말이지. 사소한 일로 끙끙댈 거 없이 그저 강가 버드나무처러엄 흘려 보내는 거야……"

"시끄럽게 하지 말고 어서 자요. 아니면 일어나 밥 먹을래요?"

차분한 것이, 시즈코는 저의 시비에 넘어오지 않습니다.

"술이라면 마시겠지만. 물이 흐르는 거랑 사

람의 몸은 말이지이. 사람이 흐르는 거랑, 아니
지, 물이 흐르는 거랑 사람의 몸은 말이지이.”

이렇게 흥얼거리면서 시즈코가 옷을 벗기는
대로 몸을 내맡기고, 그녀의 가슴에 이마를 대고
잠드는 것이 저의 일상이었습니다.

하여 다음 날에도 같은 일을 반복하며,
어제와 다르지 않은 관례를 따르기만 하면 된다.
크고 격렬한 즐거움을 피할 수만 있다면
자연스레 또한 큰 슬픔도 찾아오지 않는다.
돌이 앞을 가로막아 가는 길을 방해하면
두꺼비는 그저 빙 돌아서 지나갈 뿐.

우에다 사토시가 번역한 기 샤를 크로라든가
하는 사람의 이런 시구를 발견했을 때, 저는 혼
자 얼굴이 불타오를 정도로 붉어졌습니다.
두꺼비.
‘그게 나다. 세상이 용서하든 용서하지 않든

상관없다. 매장하든 매장하지 않든 상관없다. 나는 개보다도 고양이보다도 열등한 동물이다. 두꺼비. 그저 느릿느릿 움직일 뿐이다.'

저의 음주량이 점점 늘어갔습니다. 코엔지 역 근처뿐만 아니라, 신주쿠, 긴자 쪽까지 나가서 술을 마셨고, 외박을 하기도 했습니다. 단지 이제는 '관례'를 따르지 않으려, 바에서 무뢰한 행세를 하거나, 닥치는 대로 키스를 하거나, 즉, 다시 그 정사(情死) 이전의, 아니 그 시절보다도 더욱 거칠고 야비한 술꾼이 되었고, 돈에 궁한 처지가 되어 시즈코의 옷을 훔쳐내 팔 정도가 되었습니다.

이곳에 와서 나무에 매달린 찢어진 연을 향해 쓸쓸히 웃어 보인 지 벌써 1년, 벚나무에 다시 새잎이 돋아날 무렵, 저는 또다시 시즈코의 기모노 오비와 기모노용 속옷 등을 몰래 훔쳐내 전당포에 맡기고 그 돈으로 긴자에서 술을 마시며 이틀 연속 외박을 했습니다. 사흘째 밤, 결국 몸 상태가 좋지 않아져서, 조심조심 발소리를 죽이며 시즈코의 연립주택 문 앞까지 왔습니다. 그때 집 안에서 시즈코와 시게코가 대화하는 소리가 들 렸습니다.

"왜 술을 마셔?"

"아빠는 말이지, 술을 좋아해서 마시는 건 아 니란다. 너무 착한 사람이라서, 그래서……"

"착한 사람은 술을 마셔?"

"그렇지는 않지만……"

"아빠가 분명 깜짝 놀랄 거야."

"싫어하실지도 몰라. 봐, 봐봐, 상자에서 튀어 나왔어."

"성급한 핀짱 같네."

"그러네."

진심으로 행복해 보이는 시즈코의 낮은 웃음 소리가 들려왔습니다.

문을 조금 열고 안을 들여다보니 흰 새끼 토끼 였습니다. 깡충깡충 방 안을 이리저리 뛰어다니는 것을 모녀가 쫓고 있었습니다.

'행복하구나, 이 모녀는. 나 같은 바보가 이 두 사람 사이에 끼어들면 그 행복은 깨지겠지. 착한 모녀의 소박한 행복, 지켜주시길. 아아, 만약 신께서 나 같은 사람의 기도도 들어주신다면, 단 한 번만, 평생에 단 한 번으로 좋으니, 기도하리라.'

저는 그 자리에 웅크리고 앉아 두 손을 모으고 그렇게 되뇌었습니다. 살며시 문을 닫고, 저는 다시 긴자로 향해, 그 뒤로 다시는 그 연립주택으로 돌아가지 않았습니다.

그리하여 교바(京橋)시 바로 옆의 스탠드바 2층에서 또다시 여자에게 얹혀사는 신세로 뒹굴며 지내게 되었습니다.

세상. 어쩐지 저도 세상이란 것을 어렴풋이 알게 된 것 같았습니다. 세상이란 개인과 개인의 다툼이고, 그 자리에서의 다툼이며, 그 자리에서 이기면 되는 것입니다, 사람은 결코 다른 사람에게 복종하지 않으며, 노예조차도 노예다운 비굴한 앙갚음을 하는 법입니다. 그러므로 사람은 그 자리에서의 단판 승부에 의지하는 것 말고는 살아남을 방책을 가질 수 없습니다. 대의명분 같은 것을 외치지만 노력의 목표는 언제나 개인이며 개인을 넘어 또 다른 개인입니다. 세상의 난해함은 개인의 난해함이고 대양(大洋)은 세상이 아니라 개인입니다. 그렇게 생각하게 되면서 세상이라는 거대한 바다의 환영에 겁에 질려 떨던 데에서 다소 해방되어, 예전처럼 이러쿵저러쿵 끝없이 신경 쓰는 일에서 벗어났고, 말하자면 당장 필요한 것을 구해서 다소 뻔뻔스럽게 행동하는 법을 알게 되었습니다.

고엔지의 연립주택을 버리고, 교바시의 스탠드 바 마담에게,

"헤어지고 왔어."

그 말만 했는데, 그걸로 충분했습니다. 즉 단판 승부로 결판이 나서, 그날 밤부터 저는 주저함 없이 그곳 2층에 머물게 되었습니다. 예전 같

으면 무서웠을 터인 '세상'은 저에게 아무런 해도 끼치지 않았고, 저 또한 '세상'에 대해 아무런 변명도 하지 않았습니다. 마담만 좋다면, 그걸로 모든 게 괜찮았습니다.

저는 그 가게의 손님 같기도 하고, 주인 같기도 하고, 심부름꾼 같기도 하고, 친척 같기도 한, 남이 보기에 참으로 정체를 전혀 알 수 없는 존재였을 터인데도, '세상'은 조금도 수상히 여기지 않았고, 그리고 그 가게의 단골들도 저를 요짱, 요짱 하고 부르면서 매우 다정하게 술을 권했습니다.

저는 세상에 대해 차츰 조심하지 않게 되었습니다. '세상'이라는 곳은 그다지 무서운 곳이 아니라고 생각하게 되었습니다. 이제까지 제가 느껴온 공포심이란 것은, 봄바람 속에는 백일해균이 수십만, 대중목욕탕에는 실명을 가져올 수도 있는 세균이 수십만, 이발소에는 탈모증을 일으키는 세균이 수십만, 전철의 손잡이 가죽에는 옴

벌레가 득실득실, 또는 생선회나 덜 익힌 소고기, 돼지고기에는 촌충의 유충이니 디스토마니 뭐니 하는 것들의 알이 반드시 숨어 있을지 몰라, 하고 겁내는 일과 다름없는 것이었다는 생각이 들었습니다. 또한 맨발로 걸으면 발바닥에 유리 조각이 박혀 그 파편이 몸속을 돌아다니다가 눈알을 찔러 실명케 한다든가 하는, 이른바 '과학의 미신'에 겁먹고 있는 것과 마찬가지라는 생각도 들었습니다. 분명 수십만의 미생물이 우글우글 헤엄치며 떠다니고 있다는 것은 '과학적'으로도 정확한 사실이겠지요. 하지만 그 존재를 완전히 무시해 버린다면 그것은 저와 티끌만큼의 연관도 없게 되는, 그래서 순식간에 시리져 비리는, '과학의 유령'에 지나지 않는다는 사실도 저는 알게 되었습니다. 도시락에 먹다 남긴 밥알 세 개, 천만 명이 그 세 알을 매일 남긴다면 쌀 몇 가마를 허비한 셈이 된다거나, 혹은 하루에 휴지 한 장 아끼는 것을 천만 명이 한다면, 얼마나 많은 펄프가 절약되겠는가, 하는 식의 '과학적 통계'에 그동안 얼마나 겁을 먹었는지 모릅니다. 밥알 하나 남길 때마다, 또 코 한 번 풀 때마다 산더미 같은 쌀과 산더미 같은 펄프를 헛되이 쓰고 있다는 생각에 괴로워하며 내가 중대한 죄를 저지르고 있다는 어두운 기분에 빠진 채 살아왔습니다. 그러나 그것이야말로 '과학의 거짓', '통계의 거짓', '수학의 거짓'입니다. 밥 세 알은 실제로 모을 수 있는 것이 아니고, 곱셈 나눗셈의 응용문제로 쓰기에도 참으로 저급하고 어리석은 주제입니다, 밥 세 알 문제는, 전깃불이 나간 어두운 변소의 구멍에 사람은 몇 번에 한 번 한쪽 다리를 헛디뎌 빠지는가, 또는 전철 출입구와 승강장 가장자리 사이의 틈에 승객 중 몇 명이 발을 빠뜨리는가, 하는 그런 확률을 계산하는 것과 다름없는 어리석은 문제입니다. 그런 일은 충분히 있을 법한 일처럼 보이지만, 변기 구멍 위로 앉다가 실수로 다리가 빠져 다쳤다는 얘기를 들어본 적이 없었습니다. 그런 가설을 '과학적 사실'로 주입받아 그것을 완전히 현실로 받아들여 두려워하던 어제까지의 제가 불쌍해서 헛웃음이 나올 정도로, 저는 세상이라는 것의 실체를 조금씩 알게 되었습니다.

그렇긴 해도, 사람이라는 존재는 아직도 무서워서 가게 손님을 만나려 해도 술을 컵으로 한 잔 벌컥 들이켜고 난 뒤에나 마주할 수 있었습니다. 무서운데도 보고 싶은 마음. 이 마음이 있어서였을까요? 사람을 무서워하는 저였지만 매일 밤 가게에 나가 술에 취해서는, 아이가 무서운 작은 동물을 오히려 손에 꼭 움켜쥐듯이, 손님들을 붙잡고 서툰 예술론을 늘어놓기까지 했습니다.

만화가. 아, 하지만 저는 큰 기쁨도, 큰 슬픔도 없는 무명의 만화가였습니다. 설사 나중에 아무리 큰 슬픔이 찾아오더라도 좋으니, 지금 당장 크고 격렬한 즐거움을 원하노라고 속으로 안달하긴 했지만, 저의 현재의 기쁨이란 건 그저 손

님과 헛소리를 주고받으며 손님이 건네는 술을
받아 마시는 것뿐입니다.

교바시에 와서 이런 하찮은 생활을 이미 1년
가까이 계속하는 동안, 제 만화는 어린이 대상
잡지뿐 아니라 역에서 파는 조악하고 외설적인
잡지 같은 데에도 실리게 되었습니다. 저는 여죽
나살*이라는 지저분한 익명으로 추잡한 벌거벗
은 그림들을 그렸고, 거기에 대부분 《루바이야
트》**의 시구를 붙였습니다.

쓸데없는 기도 따위 그만두게나

눈물을 자아내는 것들은 내던져 버리게

자, 한잔하며 좋은 것만 떠올리고

---

*   여자는 죽고 나는 살았다라는 뜻의 약어식 조어, 원서의 上司
幾太의 일본어 발음 '죠시 이쿠타'가 대략 그런 뜻을 의미하
여 이렇게 의역했다. '죠시'는 '정사(情死)', '이쿠타'는 '살았
다'는 뜻의 '이키타'와 비슷하다.

**   페르시아어 4행 시집. 주로 11세기 오마르 하이얌이 쓴 시들
을 지칭하며, 그의 시가 세계적인 명성을 얻은 것은 19세기의
영국 시인 에드워드 피츠제럴드의 명역(名譯)에 의해서였다.

쓸데없는 걱정일랑 잊어버리게나.

불안과 공포로 사람을 위협하는 녀석들

그들은 스스로 지은 거대한 죄에 벌벌 떨고

죽은 자의 복수를 걱정하며

머릿속에서 끊임없이 계산을 한다네.

밤이 되어 술이 차면 내 심장은 기쁨으로 차오르고

아침이 오면 다만 황량할 뿐.

하룻밤 사이에 변해버린

의심스러운 이 기분이여.

저주 따위 생각하지 말게나

먼 곳에서 울려 퍼지는 북소리에

왠지 모를 불안에 떨며

방귀 뀐 것까지 일일이 죄로 셈하면 아무도 못 살지.

정의가 인생의 지침이라고?

그렇다면 피로 물든 전쟁터에

암살자의 날 선 칼끝 앞에

무슨 정의가 깃들 수 있단 말인가?

어디에 지도 원리가 있단 말인가?

어떤 예지의 빛이 있단 말인가?

아름답고도 무서운 이 세상

연약한 인간은 미처 다 짊어질 수 없는 짐을 지우네.

어쩔 수 없는 정욕의 씨앗 때문에

'선과 악과 죄와 벌'로 저주받고

어찌할 바를 몰라 허둥대기만 할 뿐

그것을 누르거나 부술 힘도 의지도 주어지지 않았

으니.

대체 어디서 뭘 하며 헤매고 다녔나?

뭐라고? 비판? 검토? 재인식?

허, 다 공허한 꿈이지. 있지도 않은 환상을 쫓고 있

으니

　에헷, 술이라도 있었으면 몰라. 결국 다 바보 같은
생각일 뿐이네.

　보게, 이 끝없이 광활한 하늘을
　이 안에 조그맣게 떠 있는 점 하나가 있지? 그게 바
로 지구라네
　이 지구가 왜 자전하는지 누가 알겠나?
　자전이고 공전이고 반전이고, 제멋대로인 것을.

　도처에서 최고의 힘을 느끼고
　모든 나라 모든 민족 속에서
　동일한 인간성을 발견하리라.
　나는 이단자라 불릴까?

　다들 경전을 잘못 읽고 있다네.
　아니면 그냥, 상식도 지혜도 없는 거겠지.
　살아 있는 육체의 기쁨을 금하고, 술까지 금지하고

됐어, 무스타파. 나, 그런 거 정말 질색이야.

하지만 그 무렵, 저에게 술을 끊으라고 권하는 처녀가 있었습니다.

"안 돼요, 매일 대낮부터 취해 계시잖아요."

스탠드바의 맞은편, 작은 담배 가게의 열일고여덟 살쯤 된 아가씨였습니다. 요시짱이라고 불리며, 피부가 희고 덧니가 있는 아이였습니다. 제가 담배를 사러 갈 때마다 그녀는 웃으며 충고하곤 했습니다.

"왜 안 돼? 어째서 나쁜 거냐고? 있는 만큼의 술을 마시고, 사람아, 증오를 없애라 없애라 없애라, 그게 옛날 페르시아에서, 으음, 그만두자, 슬픔으로 지친 마음에 희망을 가져다주는 건, 오직 기분 좋은 취기를 가져오는 옥배(玉杯)일 뿐, 이라고. 알겠어?"

"몰라요."

"이 녀석, 키스해 주마."

"해줘요."

그녀는 조금도 기죽지 않고 아랫입술을 내미는 겁니다.

"바보 같은 녀석. 정조 관념이 있어야……"

하지만 요시짱의 표정에는 분명히 아무에게도 더럽혀지지 않은 처녀의 향기가 배어 있었습니다.

새해가 밝은 혹한의 밤, 저는 취한 채 담배를 사러 나갔다가, 그 담배 가게 앞 맨홀에 빠져 "요시짱, 도와줘!" 하고 외쳤고, 요시짱에게 끌어 올려졌고, 오른팔의 상처를 요시짱에게 치료받았습니다. 그때 요시짱은, 진지하게,

"술을 너무 많이 마시네요."
라고 웃지 않고 말했습니다.

저는 죽는 것은 아무렇지도 않지만, 다쳐서 피가 나고 불구가 되는 것은 딱 질색이라서, 요시짱에게 팔의 상처를 치료받으면서 술도 이제 그만 마실까 보다 하고 생각했습니다.

“끊을게. 내일부터는 한 방울도 마시지 않을 거야.”

“정말?”

“꼭 끊을게. 술 끊으면, 요시짱, 나랑 결혼해 줄래?”

하지만 결혼 이야기는 농담이었습니다.

“물이죠.”

물은 ‘물론’의 약어였습니다. 모보(모던 보이)니 모가(모던 걸)니, 그 당시 여러 가지 약어가 유행하고 있었습니다.

“좋아. 새끼손가락 걸자. 꼭 끊을 거야.”

그리고 다음 날, 저는 역시 낮부터 술을 마셨습니다.

저녁에 비틀거리며 밖으로 나와 요시짱 가게 앞에 섰습니다.

“요시짱, 미안. 마셨어.”

“어머, 싫어요. 취한 척하고.”

저는 흠칫했습니다. 술도 깨는 느낌이었습니다.

"아니, 정말이야. 진짜로 마셨어. 취한 척하는
게 아니야."

"장난치지 마요. 사람이 나빠."

전혀 의심하려 들지 않는 겁니다.

"보면 알만할 텐데. 오늘도 대낮부터 마셨어.
용서해 줘."

"연기 참 잘하네요."

"연기가 아니야, 바보야. 키스해 주마."

"해줘요."

"아니, 나는 자격이 없어. 너랑 결혼하는 것도
포기해야 해. 얼굴을 봐, 벌겋잖아? 마셨잖아."

"그거언, 석양이 비치고 있어서지요. 속이려
해도 안 돼요. 어제 약속했잖아. 마실 리가 없잖
아. 새끼손가락까지 걸었는걸. 마셨다니, 거짓
말, 거짓말, 거짓말."

어둑어둑한 가게 안에 앉아 미소 짓고 있는 요
시짱의 하얀 얼굴, 아, 때 묻지 않은 순결함은 고
귀한 것입니다. 저는 지금까지 저보다 어린 처녀

와 잔 적이 없었습니다. '결혼하자, 그 때문에 나중에 어떤 큰 슬픔이 찾아오더라도 괜찮다. 평생에 단 한 번이라도 좋으니, 크고 격렬한 기쁨을 누리자.' 처녀성의 아름다움이란 바보 같은 시인의 달콤한 감상의 환영에 불과하다고 생각했었는데, 역시 이 세상에 존재하고 있는 것이었습니다. 결혼해서 봄이 오면 둘이 자전거를 타고 아오바 폭포를 보러 가자, 하고 그 자리에서 마음속으로 결심하고, 이른바 '단판 승부'로 그 꽃을 훔치는 것을 망설이지 않았습니다.

그렇게 우리 둘은 결국 결혼했습니다. 그로 인해 얻은 즐거움은 크다고 할 수 없었지만, 그 후에 찾아온 슬픔은 참혹하다고 말해도 모자랄 정도로, 정말로 상상을 초월한 큰 슬픔이었습니다. 저에게 '세상'은 역시 바닥을 알 수 없는 무섭고 두려운 곳이었습니다. 결코, 그런 단판 승부 따위로 모든 것이 결정되는 호락호락한 곳이 아니었습니다.

2

호리키와 나.

서로를 경멸하면서 어울리고, 그렇게 서로를 점점 하찮게 만드는 것이 이 세상에서 말하는 '친구'라면, 저와 호리기 시이의 관계도 분명 '친구'임이 틀림없었습니다.

저는 그 교바시 스탠드바 마담의 의협심 덕에, (여자의 의협심이라니 표현이 이상하긴 하지만, 제 경험으로 보면 적어도 도시 남녀의 경우, 남자보다 여자가 그런 의협심이라고 할만한 것을 더 풍부하게 가지고 있었습니다. 남자는 대부분 겁이 많고 겉만 번드르르하고 인색했습니다) 그 담배 가게 요시코와 같이 살 수 있게 되었습니다. 우리 둘은 쓰키지*의 스미다강 근처에 있는 목조 2층짜리 작은 연립주택의 아래층 집을 빌려 동거를 시작했습니다. 저는 술을 끊었고, 이제 막 저의 직업으로 자리잡아 가는 만화 일에 열중하며, 저녁 식사 후에는 둘이 영화를 보러 나가고, 돌아오는 길에는 카페주점에 들르기도 하고 꽃 화분을 사기도 했습니다. 아니, 저는 다른 무엇보다도 저를 진심으로 신뢰해주는 이 작은 신부가 하는 말을 듣고 행동을 지켜보는 것이 즐거웠습니다. '이러다가 나도 어쩌면, 머지않아 인간다운 존재가 되어 비참하게 죽지 않고 살 수 있지 않을까' 하는 달콤한 생각을 은근히 가슴에 품기 시작한 바로 그 순간, 호리키가 다시 제 눈앞에 나타났습니다.

---

* 도쿄의 한 지역, 긴자에서 남동으로 이어지는 일대.

“여어! 색마. 어라? 이거 조금은 분별 있어 보이는 얼굴이 되었네. 오늘은 고엔지 여사님의 심부름을 왔거든.”

말을 걸다가 갑자기 목소리를 낮추고, 부엌에서 차를 준비하고 있는 요시코 쪽을 턱으로 가리키며, “괜찮겠어?”라고 묻기에,

“상관없어. 할 말 있으면 해.”

저는 차분하게 대답했습니다.

실제로 요시코는 믿음의 화신이라고 부르고 싶을 정도로, 저와 스탠드바 마담과의 관계도 의심하지 않았고, 제가 가마쿠라에서 일으킨 사건을 알려주었는데도 쓰네코와의 사이 역시 의심하지 않았습니다. 그것은 제가 거짓말을 잘해서가 아니라, 요시코에게는 제가 하는 말들이 전부 농담으로만 들리기 때문인 듯했습니다.

“여전히 혼자서 세상 짐 다 짊어진 척하는구나. 뭐, 대단한 일은 아니지만, 가끔 고엔지 쪽에도 놀러 와달라는 전언이야.”

잊을만하면, 괴조(怪鳥)가 날개를 퍼덕이며 날아와, 기억의 상처를 부리로 헤집습니다. 순식간에 과거의 수치와 죄책감의 기억이 생생히 눈앞에 펼쳐졌고, 으악 하고 비명이 나올 정도로 저 자신에 대한 혐오감이 덮쳐와 그냥 있을 수가 없었습니다.

"한잔할까?"

제가 말했습니다.

"좋아."

호리키가 대답했습니다.

저와 호리키. 행태는 둘이 닮았습니다. 똑같은 사람인 것처럼 생각될 때도 있었습니다. 물론 그것은 싸구려 술을 여기저기 마시러 돌아다닐 때뿐이었습니다만, 어쨌든, 두 사람이 얼굴을 마주하면, 금세 모양도 같고 털빛도 같은 개로 변해서 눈 내리는 거리를 이리저리 내달리는 꼴이 되곤 했습니다.

그날 이후, 우리는 다시 옛정을 돈독히 하여

교바시의 그 작은 바에도 함께 가고, 결국에는 고엔지 시즈코의 연립주택에도 만취한 두 마리 개가 되어 방문해서는 하룻밤 자고 오는 일까지 벌어지고 말았습니다.

잊을 수도 없습니다. 무더운 여름밤이었습니다. 호리키가 해 질 무렵, 허름하고 구겨진 유카타를 입고 츠키지에 있는 내 연립주택으로 찾아와서, 오늘 어떤 이유로 여름옷을 전당포에 맡겼는데 그 일이 노모에게 알려지면 정말 곤란하니 즉시 찾아오고 싶다고, 그러니 어쨌든 돈을 꿔달라고 했습니다. 하필이면 저에게도 돈이 떨어져서, 전에도 그랬듯이 요시코에게 그녀의 기모노를 전당포에 맡기자고 했습니다. 그렇게 해서 호리키에게 꿔주고 남은 돈을 가지고 요시코에게 소주를 사오라고 시켜 호리키와 둘이서 연립주택 옥상으로 올라갔습니다. 스미다강에서 때때로 희미하게 불어오는 바람에서는 하수구 냄새가 났고, 우리는 그 바람을 맞으며 구질구질하게 소주를 나눠 마셨습니다.

그러면서 우리는 희극 명사와 비극 명사를 맞히는 게임을 시작했습니다. 이것은 제가 발명한 놀이로, 명사를 모두 남성 명사, 여성 명사, 중성 명사 등으로 구분하고, 그와 동시에 희극 명사, 비극 명사로 구분하는 놀이였습니다. 예를 들어, 증기선과 기차는 모두 비극 명사이고 시영 전철과 버스는 모두 희극 명사입니다. 왜 그런지 모르는 사람은 예술을 논할 자격이 없습니다. 희극에 비극 명사를 단 하나라도 끼워 넣은 극작가는 그것만으로도 이미 낙제입니다. 비극의 경우도 마찬가지라는 식이었습니다.

"알겠지? 담배는?"

"비극."

이라고 호리키가 바로 대답했습니다.

"약은?"

"가루약이야? 알약이야?"

"주사."

“비극.”

“그럴까? 호르몬 주사도 있는데 말이지.”

“아니, 단연 비극이야. 주사야말로 최고로 훌륭한 비극이야. 알잖아?”

“좋아, 이번에는 내가 져주지. 그런데, 너, 약과 의사는 말이지, 의외로 코미디라고. 죽음은?”

“코미디. 목사도 승려도 마찬가지.”

“훌륭해. 그리고, 삶은 비극이지.”

“아니, 그것도 코미디야.”

“아니, 그러면 뭐든 다 코미디가 되잖아. 그럼, 하나만 더 물어볼게. 만화가는? 설마 코미디라고는 못 하겠지?”

“비극, 비극. 대(大)비극 명사!”

“웃기지 마, 대비극은 너라고.”

이런 어설프고 재미없는 말장난을 하면서 우리는 그 놀이를 세계 어느 살롱에도 지금껏 없었던 매우 재치 있는 놀이라고 자부했습니다.

게다가 당시 저는 이와 비슷한 놀이를 또 하나

발명했었습니다. 반의어 놀이입니다. 검정의 반
의어는 하양. 그런데 하양의 반의어는 빨강. 빨
강의 반의어는 검정.

"꽃의 반의어는?"

내가 묻자, 호리키는 입을 실룩이며 생각했습
니다.

"으음, 화월(花月)이라는 요릿집이 있었으니
까, 달이다."

"아니, 그건 반의어가 아니야. 오히려 동의어지.
별과 제비꽃도 동의어잖아? 반의어가 아니야."

"알았다, 그건 벌이야."

"벌?"

"작약에…… 개미인가?"

"뭐야, 그건 화제(画題) 모티브잖아. 얼렁뚱땅
넘어가면 안 돼."

"알았다! 꽃에 두루마리 구름……"

"달에 두루마리 구름이지."

"그래, 그래. 꽃에는 바람. 바람이야. 꽃의 반

의어는 바람이야.”

“오, 내가 모를 줄 아나? 그건 나니와부시*에 나오는 구절이잖아. 슬슬 바닥이 보이네.”

“아, 맞다, 비파다.”

“그건 더 안 돼. 꽃의 반의어는 말이지, ……무릇 이 세상에서 가장 꽃답지 않은 것, 바로 그것을 들어야 해.”

“그러니까, 그, ……기다려, 뭐어야, 여자구나.”

“하는 김에 여자의 동의어는?”

“내장.”

“너는, 도무지 시라는 걸 모르는구나. 그렇다면 내장의 반의어는?”

“우유.”

“이건 좀 괜찮네. 나간 김에 하나 더. 수치, 동의어의 반의어.”

“파렴치지. 요즘 유행하는 만화가 여죽나살.”

---

*　샤미센의 반주로 의리와 인정을 주제로 한 줄거리가 있는 이야기를 가락을 붙여서 들려주는 것.

"호리키 마사오는?"

이쯤부터 두 사람은 점점 웃지 못하게 되었고, 소주에 취했을 때 특유의, 마치 머릿속이 유리 조각으로 가득 찬 듯한 음울한 기분에 빠졌습니다.

"건방지게 굴지 마. 나는 아직 너처럼, 밧줄에 묶여 끌려가는 수치 같은 건 당해본 적이 없어."

흠칫 놀랐습니다. 호리키는 속으로 저를 제대로 된 인간으로 취급하지 않고 있었던 겁니다, 저를 단지, 죽어야 할 때 죽지 못한, 수치를 모르는 바보 같은 괴물, 말하자면 '살아 있는 시체'로 보고 있었던 것이었습니다. 호리키는 자신의 쾌락을 위해 저를 이용할 수 있을 때까지 이용하는 '친구'일 뿐이었다는 생각이 들자, 솔직히 기분이 좋지는 않았지만, 그러는 그가 이해가 가지 않는 것은 아니었습니다. 저는 예전부터 인간으로서의 자격이 없는 인간이었으니, 호리키에게조차 경멸당하는 게 당연한 일일지도 모른다고 생각하며,

“죄. 죄의 반의어는 뭘까. 이건 어렵겠는데.”

아무렇지 않은 표정을 가장하며, 그렇게 말을 이어갔습니다.

“법이지.”

호리키가 태연하게 그렇게 대답하는 것을 듣고, 저는 호리키의 얼굴을 다시 바라보았습니다. 근처 건물에서 깜빡이는 네온사인의 붉은 빛이 호리키의 얼굴을 마치 악령 씐 형사같이 보이게 했습니다. 저는 진심으로 어이가 없었습니다.

“죄라는 건, 너, 그런 게 아니잖아.”

죄의 반의어가 ‘법’이라니! 하지만, 세상의 사람들은 모두 그렇게 단순하게 생각하며 태연하게 살아가고 있을지도 모릅니다. 형사가 없는 곳에 죄가 꼬인다고 말입니다.

“그럼 뭐야, 신인가? 너는 어딘가 기독교 선교사 같은 냄새를 피워. 아니꼽다고.”

“그렇게 쉽게 넘기지 마. 조금 더 생각해 보자. 이건 흥미로운 주제잖아. 이 주제에 대한 답 하

나로 그 사람의 전부를 알 수 있을 거라는 생각
이 들어.”

“그럴까? 좋아. ……죄의 반의어는 선이지. 선
량한 시민. 즉, 나 같은 사람.”

“농담은 그만둬. 선은 악의 반의어지, 죄의 반
의어는 아니야.”

“악과 죄는 다른 건가?”

“다르다고 생각해. 선악의 개념은 인간이 만
든 거야. 인간이 마음대로 만든 도덕의 언어지.”

“성가시네. 그럼 역시, 신이겠지. 신, 신. 뭐든
신이라고 해두면 틀림없어. 아, 배고파.”

“지금 아래서 요시코가 누에콩을 삶고 있어.”

“고맙군. 나 누에콩 좋아해.”

두 손을 머리 뒤로 깍지 끼고, 등을 대고 벌렁
드러누웠습니다.

“너는, 죄라는 것에 대해 전혀 관심이 없는 모
양이구나.”

“그건 맞아. 너처럼 죄인이 아니니까. 나는 방

탕하긴 해도, 여자를 죽게 하거나 여자한테서 돈을 갈취하진 않아.”

마음 한구석에서, 죽게 한 것도 아니고 돈을 갈취한 것도 아니라는, 희미하지만 필사적인 항의의 목소리가 올라왔으나, 또 금세, 아니야, 내가 나빠, 하고 다시 생각하고 마는 이 오래된 습관.

저는 도저히 정면으로 논쟁을 할 수 없습니다. 소주로 인한 음울한 취기 때문에 시시각각 기분이 험악해지는 것을 간신히 억누르며, 거의 혼잣말처럼 말했습니다.

“하지만, 감옥에 갇히는 것만이 죄는 아니야. 죄의 반의어를 알면, 죄의 실체도 잡을 수 있을 것 같은데, ……신, ……구원, ……사랑, ……빛, ……하지만, 신에는 사탄이라는 반의어가 있고, 구원의 반의어는 고뇌일 것이며, 사랑에는 증오, 빛에는 어둠이라는 반의어가 있어. 선에는 악, 죄와 기도, 죄와 회개, 죄와 고백, 죄와…… 아아, 다 동의어구나, 죄의 반의어는 뭘까.”

"죄의 반의어는 '꿀'이야*, 꿀 같은 달콤함이지. 배고파. 뭐 먹을 걸 좀 가져와."

"네가 가져오면 되잖아!"

태어나서 거의 처음이라고 해도 될 만큼, 격하게 화난 목소리가 저의 입에서 나왔습니다.

"좋아, 그럼 아래로 내려가서, 요시짱이랑 둘이서 죄를 저지르고 오마. 논쟁보다는 실지 검증. 죄의 반의어는 미쓰마메**, 아니, 누에콩인가?"

호리키는 거의 혀가 잘 안 돌 정도로 취해 있었습니다.

"마음대로 해. 어디로든 가버려!"

"죄와 허기, 허기와 완두콩, 아니, 이건 동의어인가?"

아무렇게나 지껄이면서 일어섭니다.

죄와 벌. 도스토옙스키. 얼핏 그 이름이 머릿

---

* 일본어에서 '죄(ツミ 쓰미)'를 거꾸로 하면 '꿀(ミツ 미쓰)'이 되어, 말장난처럼 쓰였다.

** 蜜豆, 삶은 완두콩에 과일과 한천을 네모지게 썰어 넣고 당밀을 친 식품.

속 한편을 스치고 지나갔고, 저는 문득 생각했습니다. 만약, 그 도스토옙스키 씨가 죄와 벌을 동의어로 생각하지 않고, 반의어로 생각하여 나란히 놓은 거라면? 죄와 벌, 절대 서로 통할 수 없는 것, 얼음과 숯처럼 결코 섞일 수 없는 것. 죄와 벌을 반의어로 생각한 도스토예프스키의 녹조류, 썩은 연못, 난마처럼 얽힌…… 아, 이제 이해가 될 것 같아, 아니, 아직…… 생각이 머릿속에서 주마등처럼 빙글빙글 돌고 있을 때,

"이봐! 누에콩은 무슨 얼어 죽을. 이리 와봐!"

호리키의 목소리와 낯빛이 변해 있었습니다. 방금 비틀비틀 일어나서 아래로 내려간 호리키가 다시 되돌아온 겁니다.

"뭐야."

호리키와 저는 어울리지 않게도 뭔가 살기 같은 것을 띠고 옥상에서 2층으로 내려갔습니다. 2층에서 더 내려가 저의 집으로 이어지는 계단 중간에서 앞서가던 호리키가 멈췄습니다.

"봐!"

그가 작은 목소리로 말하며 손가락으로 가리켰습니다.

저의 집 방 위쪽, 열려 있는 작은 창을 통하여 방 안을 볼 수 있었습니다. 불이 켜진 방 안에 두 마리의 동물이 있었습니다.

저는 흔들흔들 현기증을 느끼며, '이것도 역시 인간의 모습이다, 이것도 역시 인간의 모습이다, 놀랄 일은 아니다'라고 마음속으로 중얼거리면서 페로는 헐떡였습니다. 그러면서 요시코를 구해야 한다는 것도 잊은 채 계단에 내내 서 있었습니다.

호리키가 크게 기침을 했습니다. 저는 혼자 달아나듯 다시 옥상으로 달려 올라가 드러누워 빗물을 머금은 여름 밤하늘을 올려다보았습니다. 그때 저를 덮친 감정은 분노나 혐오나 슬픔이 아니라, 엄청나게 끔찍한 공포였습니다. 그 공포는 묘지의 유령 같은 것에 대한 공포가 아니라,

신사의 삼나무 숲에서 흰옷을 입은 신체(神体)*를 마주했을 때에나 느낄 수 있을, 입술과 혀를 얼어붙게 만드는 고대의 공포감이었습니다. 저의 머리는 그날 밤부터 하얗게 세기 시작했고, 점점 모든 것에 자신감을 잃었으며, 사람을 끝없이 의심하게 되었고, 이 세상에 대한 모든 기대와 기쁨, 공감으로부터 영원히 멀어지게 되었습니다. 정말로, 그것은 제 일생에서 결정적인 사건이었습니다. 저는 정면에서 미간이 깨지는 상처를 입었고, 그 이후로 그 상처는 제가 사람을 대할 때마다 저를 아프게 했습니다.

"동정은 하지만, 그래도 너도 이제 좀 깨달았겠지. 난 이제 다시는 여기 오지 않을 거야. 마치 지옥 같아…… 그래도 요시짱은 용서해 줘. 너도 어차피 제대로 된 녀석은 아니니까. 그럼 이만 실례."

---

*   신령이 머문다고 생각되는 예배의 대상물.

어색한 장소에 오래 머물 정도로 어리석은 호리키가 아니었습니다.

저는 일어나 혼자 소주를 마셨고, 그리고 엉엉 소리 내어 울었습니다. 얼마든지, 얼마든지 울 수 있었습니다.

어느새 뒤쪽에 요시코가 누에콩을 산처럼 담은 접시를 들고 와서 멍하니 서 있었습니다.

"아무 짓도 안 할 거라고 해서……"

"됐어. 아무 말도 하지 마. 너는 사람을 의심하는 법을 몰랐던 거야. 앉아. 콩을 먹자."

나란히 앉아 콩을 먹었습니다. 아아, 신뢰는 죄일까요? 상대 남자는 저에게 만화 일감을 주고 얼마 되지 않는 돈을 아까워하며 남겨두고 가는, 몸집이 작고 무지한 30세 전후의 장사꾼이었습니다.

그 장사꾼은 그 후로 다시는 오지 않았습니다. 저는 어째서인지 그 장사꾼에 대한 증오보다도, 그 장면을 보자마자 큰기침 한 번 하지 않고 그

대로 다시 옥상으로 돌아와 저에게 그 일을 알린 호리키에 대한 증오와 분노가 불끈불끈 치밀어 올라 잠을 못 이루며 신음했습니다.

용서하고 말 것도 없습니다. 요시코는 신뢰의 천재였습니다. 사람을 의심할 줄 몰랐습니다. 그러나 그 때문에 비극이 발생했습니다.

신에게 묻는다. 신뢰는 죄인가?

요시코가 더럽혀졌다는 사실보다 요시코의 신뢰가 더럽혀졌다는 사실이, 제게는 이후 오랫동안 죽음과도 같은 고통이 되었습니다. 음흉하고 위축되어 다른 사람의 얼굴빛만 살피고, 사람을 신뢰할 능력에 금이 가버린 저에게, 요시코의 순수한 신뢰심은 마치 이오바의 폭포처럼 상쾌하게 다가왔었습니다. 그것이 하룻밤 사이에 누런 오염수로 변해버렸습니다. 보십시오, 요시코는 그날 밤부터 제 얼굴 표정 하나하나를 살피게 되었습니다.

"어이."

제가 부르면, 그녀는 깜짝 놀라 눈을 어디에 둘지 몰라 허둥댑니다. 제가 아무리 우스갯소리를 해서 웃기려고 해도 그녀는 당황하여 움츠러들었고 무턱대고 제게 존댓말을 썼습니다.

과연 순수한 신뢰심은 죄의 근원인가?

저는 기혼 여성이 겁탈당하는 이야기가 담긴 책을 이것저것 찾아 읽어보았습니다. 그러나 요시코만큼 비참한 방식으로 당한 여성은 아무도 없는 것 같았습니다. 아무리 생각해도 이건 말이 되지 않습니다.

그 작은 남자 장사꾼과 요시코 사이에 조금이라도 사랑 비슷한 감정이 있었다면, 제 마음도 오히려 조금은 덜 힘들었을지도 모르겠습니다. 그저 여름의 어느 하룻밤, 요시코가 신뢰해서, 그래서, 그것으로 끝. 그러나 그로 인해 제 미간은 정면으로 깨지고 목소리는 쉬고 머리는 세기 시작했으며, 요시코는 평생 불안해하며 살게 되었습니다. 대부분의 이야기는 그 아내의 '행위'

를 남편이 용서하느냐에 무게를 뒀던 것 같은데, 제게는 그것이 그렇게 고통스러운 중대한 문제로 느껴지지 않았습니다. 용서하느냐, 하지 않느냐, 그런 권리를 손에 쥐고 있는 남편이야말로 행복한 존재가 아닐까, 도저히 용서할 수 없다고 생각한다면, 크게 소란 떨 것 없이 아내와 곧바로 이혼하고 새 아내를 맞으면 되지 않을까, 그것이 불가능하다면 그냥 '용서하고' 참으면 될 일, 어쨌든 남편의 마음 하나로 모든 것이 원만히 해결되지 않겠는가. 즉, 그런 사건은 확실히 남편에게 큰 충격일지라도, 그것은 '충격'일 뿐이며, 끝없이 되돌아 밀려오는 파도와는 달리, 권리를 가진 남편의 분노로 어떻게든 처리할 수 있는 문제인 것이다. 그러나 우리 경우는 남편인 지에게 아무런 권리도 없고, 생각해 보면 모든 것이 제 잘못인 것 같아 화를 내기는커녕 불평 한마디 할 수 없었습니다. 아내는 그녀가 소유한 희귀한 미덕 때문에 범죄를 당한 것입니다. 더욱

이 그 미덕은 남편이 오래도록 갈망했던 순수한 신뢰라는, 참을 수 없이 사랑스러운 미덕이었습니다.

순수한 신뢰는 죄인가?

유일하게 의지하던 미덕조차 의심이 가자, 이제 모든 것이 혼란스러워져서 제가 향할 곳은 오직 술이었습니다. 제 낯은 극도로 초라해졌습니다. 아침부터 소주를 마셔서 이가 다 망가졌고 만화도 거의 외설에 가까운 것만 그리게 되었습니다. 아니, 분명히 말하겠습니다. 저는 그때부터 춘화 복사본을 만들어 몰래 팔았습니다. 소주를 살 돈이 필요했기 때문입니다. 늘 저로부터 시선을 피하며 쩔쩔매는 요시코를 보면서, 이 녀석은 경계하는 법을 모르는 여자였으니까 그 장사꾼과 단 한 번만 그런 게 아닐 수도 있겠다는 생각도 들었고, 호리키는? 아니, 혹시 내가 모르는 다른 사람과도? 하는 의혹이 꼬리를 물고 일어났습니다. 그렇다고 단호하게 따질 용기도 없어서 늘 그렇듯 불안과 공포 속에서 몸부림치며 그저 소주를 마시고 취해서는, 조심스럽게 조금은 비굴한 유도 심문 같은 것을 시도하고, 어리석게도 혼자 일희일비하며, 마구 어릿광대 짓을 하고, 그리고는 요시코에게 지옥 같은 애무를 가한 뒤, 진흙처럼 곯아떨어지곤 했습니다.

그해 연말, 저는 밤늦게 만취 상태로 귀가했습니다. 설탕물을 마시고 싶은데 요시코가 자고 있는 것 같아서 혼자 부엌에 가서 설탕 단지를 찾았습니다. 뚜껑을 열어보니, 설탕은 하나도 들어 있지 않고 검고 길쭉한 작은 종이 상자가 하나 들어 있었습니다. 별생각 없이 상자를 집어 들었다가 거기에 붙어 있는 라벨을 보고 깜짝 놀랐습니다. 그 라벨은 손톱으로 절반 이상이 긁혀 있었지만, 영어 부분은 남아 있었고, 거기에는 분명히 이렇게 쓰여 있었습니다. 디알DIAL.

디알. 저는 그때 주로 소주를 마셨지 수면제를 사용하지는 않았지만, 그래도 불면은 제게 질

병 같은 것이었기 때문에 거의 모든 수면제에 대해 알고 있었습니다. 이 디알 상자 하나는 분명히 치사량을 넘는 분량이었습니다. 아직 상자의 봉인은 뜯지 않았지만, 언젠가는 실행할 마음으로 이런 곳에, 그것도 라벨을 긁어내고 숨겨두었던 것이 틀림없습니다. 불쌍하게도, 그 아이는 라벨의 영어를 읽을 수 없어서, 손톱으로 반쯤 긁어내고 이 정도면 괜찮다고 생각했을 겁니다. '너에게는 죄가 없어.'

저는 소리가 나지 않도록 살며시 컵에 물을 채운 뒤, 천천히 상자의 봉인을 뜯어 안에 든 약을 전부 한숨에 입안에 털어 넣고는 차분히 물을 다 마시고, 전등을 끄고 그대로 잠들었습니다.

저는 사흘 밤낮을 거의 죽은 사람처럼 누워 있었다고 합니다. 의사는 이것을 '실수'로 간주하여 경찰에 신고하는 것을 유보해 주었다고 합니다. 의식이 돌아오면서, 제가 가장 먼저 중얼거린 말은 집에 돌아갈 거야, 라고 하더군요. 그 집이 어디를 가리킨 것인지 정작 저 자신도 잘 모르지만, 어쨌든 저는 그렇게 말하며 몹시 울었다고 전해 들었습니다.

머릿속 안개가 차차 걷히고, 눈을 뜨고 보니, 베갯머리에 넙치가 심하게 못마땅한 얼굴을 하고 앉아 있었습니다.

"지난번에도 연말에 이런 일이 있었어요. 너나 나나 다 정신없이 바쁠 때인데, 매번 이렇게 연말만 노려서 이런 일을 벌이면, 내가 목숨이 열이라도 못 견디지요."

넙치의 이야기를 듣고 있는 사람은 교바시 바의 마담이었습니다.

"마담."

저는 마담을 불렀습니다.

"응? 이제 익식이 돌아온 거야?"

마담은 웃는 얼굴을 제 얼굴 가까이에 덮치듯이 들이대며 그렇게 말했습니다.

저는 주르르 눈물을 흘리며,

“요시코와 헤어지게 해줘.”

저도 전혀 예상하지 못한 말이 입에서 나왔습니다.

마담은 몸을 일으키며 희미하게 한숨을 내쉬었습니다.

그리고 저는, 이번에도 정말 뜻밖이라고 해야 할지, 우습다고 해야 할지, 어리석다고 해야 할지, 도저히 표현하기조차 난감한 실언을 또 해버렸습니다.

“나는, 여자가 없는 곳으로 갈 거야.”

와하하하, 하고 먼저 넙치가 크게 웃음을 터뜨렸고, 마담도 킥킥대며 웃기 시작했습니다. 저도 눈물을 흘리면서 얼굴을 붉히고 씁쓸히 웃었습니다.

“응, 그게 낫겠다.”

넙치는 여전히 흐트러진 웃음을 멈추지 않은 채 말했습니다.

“여자가 없는 곳으로 가는 게 좋아. 여자가 있

으면 되는 일이 없어. 여자가 없는 곳이라, 좋은 생각이야."

여자가 없는 곳. 하지만, 저의 이 얼토당토않은 바보 같은 중얼거림은, 나중에 끔찍할 정도로 음산한 방식으로 실현되었습니다.

요시코는, 제가 마치 자기 대신 독을 마셨다고 믿고 있는 것 같았습니다. 저를 대할 때 예전보다 한층 더 허둥대고 불안해하며, 제가 무슨 말을 해도 웃지 않았고 제대로 대화조차 나누지 못했습니다. 저 역시 집 안에 있는 것이 숨 막히게 답답하게 느껴져, 늘 그래왔듯 밖으로 나가 값싼 술을 들이켜곤 했습니다. 하지만 디알 사건 이후 제 몸은 눈에 띄게 야위었고 손발에서 힘이 빠져 만화를 그리는 일도 게을리하게 되었습니다. 그때 넙치가 병문안 위로금이라며 두고 간 돈, (넙치는 그 돈을 "시부타의 성의입니다"라고 말하며, 마치 자신이 직접 준 돈인 것처럼 보이게 꾸몄지만, 사실은 고향에 있는 형들에게서 받아온 돈이 분명했습니다. 그

때쯤에는 넙치의 집에서 도망쳤을 때와는 달리 넙치의 그런 허세 섞인 연극을 어렴풋이나마 간파할 수 있게 되었기에, 저 역시 교활하게 아무것도 모르는 척하며 얌전하게 넙치에게 감사를 표했습니다. 하지만 넙치와 형들이 왜 그렇게 복잡한 속임수를 쓰는지, 알 것도 같고 모를 것도 같은, 이상하고 찜찜한 기분을 지울 수 없었습니다) 그 돈으로 과감히 혼자 미나미이즈(南伊豆) 온천에도 가보았지만, 제가 애초에 그런 한가로운 온천 여행을 즐길만한 성격과는 거리가 먼 데다 요시코를 생각하면 울적한 마음이 끝이 없어서, 여관방에서 산을 바라보며 차분히 쉰다는 건 애초부터 헛된 망상이었습니다. 도테라*로 갈아입지도 않고 온천에도 들어가지 않은 채, 밖으로 뛰쳐나가 지저분한 찻집 같은 데로 뛰어들어 소주를 마치 샤워하듯 퍼마셔서, 결국 몸만 더 버리고 도쿄로 돌아왔을 뿐입니다.

---

* 보통의 기모노보다 약간 길고 크게 만들어 솜을 넣은 넓은 소매의 기모노.

도쿄에 큰 눈이 내리던 밤이었습니다. 저는 취한 채 긴자 뒷골목을, 여기는 고향에서 몇백 리, 여기는 고향에서 몇백 리, 하고 작은 소리로 흥얼거리면서 내려 쌓이는 눈을 발끝으로 차며 계속 걷다가, 갑자기 토했습니다. 그것이 저의 첫 각혈이었습니다. 눈 위에는 커다랗게 일장기가 그려졌습니다. 저는 한동안 쭈그려 앉아서 더러워지지 않은 곳의 눈을 양손으로 퍼서 얼굴을 씻으며 울었습니다.

여……기는 어……디의 좁은 길인가?

여……기는 어……디의 좁은 길인가?

불쌍한 소녀의 노랫소리가 환청처럼 희미하게 멀리서 늘려옵니다. 불행. 이 세상에는 이러저러하게 불행을 겪는 사람들이 있고, 아니, 세상은 불행한 사람들로 가득 차 있다고 해도 과언이 아니겠지만, 그러나 그 사람들의 불행은 소위 세상을 향해 당당히 항의할 수 있는 불행이며, 세상 역시 그들의 항의를 쉽게 이해하고 동정해 줍니다. 하지만 저의 불행은 전부 저 자신의 죄악에서 비롯된 것이라서, 누구에게도 항의할 길이 없습니다. 게다가 더듬거리며 한마디라도 항의 비슷한 말을 꺼내려고 하면, 넙치뿐만 아니라 세상 사람들 전부가, 네가 어떻게 뻔뻔하게 그런 말을 할 수가 있냐, 하고 기막혀 할 게 분명합니다. 나는 과연 세간에서 말하는 '제멋대로인 사람'인 건지, 아니면 반대로 너무 소심한 인간인 건지, 저 스스로도 잘 모르겠지만, 어쨌든 죄악 덩어리인 건 분명한 것 같습니다. 그렇게 자초해서 자꾸만 불행해질 뿐 이를 막을 방법이 없습니다.

저는 벌떡 일어나, 우선 뭐든 적당한 약을 사야겠다고 생각하여, 근처 약국에 들어가 그곳의 부인과 마주쳤는데, 그 순간 부인은 플래시 불빛을 본 것처럼 고개를 들고 눈을 크게 뜨고 몸이 굳어버린 듯했습니다. 하지만, 크게 뜬 눈에는 경악의 빛도 혐오의 빛도 없었고, 거의 구원을 청하듯이 동경하는 듯한 빛이 나타나 있었습니다. 아, 이 사람도 분명 불행한 사람이구나. 불행한 사람은 남의 불행에도 민감한 법이니까, 그렇게 생각하는 순간, 문득 그 부인이 목발을 짚고 위태롭게 서 있다는 것을 알았습니다. 달려가 부축해 주고 싶은 충동을 꾹 참으며, 계속 그녀와 서로 마주 보고 있는 사이에 눈물이 왈칵 쏟아졌습니다. 그러자 그 부인의 큰 눈에서도 눈물이 뚝뚝 흘러내렸습니다.

그뿐, 단 한마디도 하지 않은 채 약국을 나와 비틀거리며 연립주택으로 돌아와서 요시코에게 소금물을 만들어 달라고 해서 마신 다음 아무 말도 하지 않고 잠들었습니다. 다음 날에도 감기 기운이 있다고 거짓말을 하고 종일 잠만 잤습니다. 그러나 밤이 되자 비밀스러운 각혈 때문에 불안해져서 자리에서 일어나 다시 그 약국으로 향했습니다. 이번에는 웃음을 지으며 부인에게 그동안의 몸 상태를 솔직히 고백하고 상담을 청했습니다.

“술을 끊으셔야 해요.”

우리 둘은 마치 한 몸처럼 가까워진 기분이었습니다.

“실은 저 알코올 중독일지도 몰라요. 지금도 술이 너무 마시고 싶어요.”

“그러면 안 돼요. 제 남편도 폐결핵 환자였는데, 술로 균을 죽인다면서 술에 절어 살다가 스스로 목숨을 재촉했어요.”

“너무 불안해요. 무서워서, 도저히, 견딜 수가 없어요.”

“제가 약을 드릴게요. 하지만 술만큼은 꼭 끊으세요.”

그 약국 부인은 과부였고 아들이 하나 있는데 치바였나 어디였나 의과 대학에 들어갔다가 얼마 지나지 않아 아버지와 같은 병에 걸려 휴학하고 입원 중이었고, 집에는 중풍에 걸린 시아버지가 누워 있었으며, 그녀 자신도 다섯 살 때 소아마비에 걸렸던 탓에 한쪽 다리를 전혀 쓰지 못했습니다. 그녀는 목발을 탁탁 짚으면서, 저를 위해 저 선반, 이 서랍을 오가며 여러 가지 약을 챙겨주었습니다.

이건 조혈제.

이건 비타민 주사액. 주사기는 이거.

이건 칼슘 알약. 그리고 위장을 상하지 않게 소화 효소.

이건 뭐고, 이건 뭐라며 대여섯 종류의 약을 애정을 담아 하나하나 설명해 주었습니다. 그러나 이 불행한 약국 부인의 애정마저도 저에게는 결국 독이 될 운명이었습니다. 설명을 마친 부인이 이건 정말 어떻게 해도 술을 마시고 싶어 미칠 것 같은 순간에 쓰는 약이라며, 자은 상자 하나를 종이에 재빨리 싸 주었습니다.

그건 모르핀 주사액이었습니다.

부인은 술보다 해롭진 않다고 해서 저도 그 말을 믿었습니다. 게다가 마침 술에 취하는 기분이 왠지 불결하게 느껴지기 시작하던 참이었고, 오랜만에 알코올이라는 사탄에게서 벗어날 수 있다는 기쁨과 기대로 저는 아무런 망설임도 없이 제 팔에 그 모르핀을 주사했습니다. 불안도, 초조도, 부끄러움도 말끔히 사라지고, 저는 몹시 쾌활하고 수다스러운 사람이 되었습니다. 그리고 주사를 맞으면, 몸의 쇠약도 잊고 만화 작업에 열정이 솟구쳤으며, 만화를 그리다가도 웃음이 터져 나올 정도로 기발한 아이디어가 샘솟았습니다.

하루에 한 대만 맞으려던 것이 어느새 두 대가 되고, 네 대가 될 즈음에는, 저는 그것 없이는 도저히 일을 할 수 없는 지경에 이르렀습니다.

"그러면 안 돼요. 중독되면 그때부턴 정말 큰일이에요."

약국의 부인이 그렇게 말하니까, 저는 벌써 꽤 심한 중독 환자가 된 것 같은 느낌이 들었습니다. (저는 남의 암시에 정말 잘 걸려드는 성격입니다. 스스로 이 돈은 쓰면 안 된다고 하면서도, 네 성격에 어차피 쓰겠지? 라는 말을 들으면, 왠지 안 쓰면 나쁜 사람이 되는 것 같고 상대의 기대를 저버리는 것 같은 생각이 들어서 그 돈을 반드시 바로 써버리고 마는 것입니다) 그래서 중독에 대한 불안 때문에, 오히려 약을 더 많이 사게 되었습니다.

"부탁이에요! 한 상자만 더 주세요. 돈은 월말에 꼭 갚을게요."

"돈은 뭐 언제든 괜찮지만, 경찰 쪽에서 시끄럽게 굴어서요."

아아, 언제나 제 주변에는 뭔가 탁하고 어둡고 어딘가 수상쩍은 음지의 인간들 냄새가 늘 따라다니는 것 같았습니다.

"어떻게 좀 둘러대면 안 될까요? 부탁이에요, 부인. 키스해 드릴까요?"

부인은 얼굴을 붉혔습니다.

저는 기회를 잡았다는 듯이,

"약이 없으면 일이 전혀 진척이 안 돼요. 나한텐 그 약이 강장제 같은 거예요."

“그럼 차라리 호르몬 주사가 낫겠네요.”

“농담하지 마세요. 술 아니면 그 약, 둘 중 하나예요. 그게 아니면 일을 못 해요.”

“술은 안 돼요.”

“그렇죠? 나요, 그 약 쓰기 시작한 이후로 술은 한 방울도 안 마셨어요. 덕분에 몸 상태가 정말 좋아졌어요. 나도 언제까지나 이런 형편없는 만화만 그리고 있을 생각은 없어요. 앞으로는 술도 끊고, 몸도 회복하고, 공부도 열심히 해서 꼭 훌륭한 화가가 돼보일 거예요. 지금이 정말 중요한 시기예요. 그러니까, 네? 제발 부탁이에요. 키스해 드릴까요?”

부인은 웃기 시작하며,

“곤란하네요. 중독돼도 나는 몰라요.”

탁탁 목발을 짚는 소리를 내며 약품을 선반에서 꺼내서,

“한 상자는 못 드려요. 금방 다 써버릴 거잖아요. 반 상자만요.”

"인색하시네, 뭐 어쩔 수 없죠."

집으로 돌아오자마자 한 대를 바로 주사했습니다.

"아프지 않아요?"

요시코가 겁먹은 듯 저에게 묻습니다.

"그야 아프지. 하지만 일의 능률을 올리려면 싫어도 이걸 해야만 해. 요즘 내 상태, 아주 건강해 보이지? 자, 일하자. 일, 일."

이렇게 흥분하며 떠들어댔습니다.

한밤중에 약국 문을 두드린 적도 있었습니다. 잠옷 차림으로 탁탁 목발 소리를 내며 나온 부인을 느닷없이 껴안고 키스하며 우는 척을 했습니다. 부인은 말없이 한 상자를 제게 건네주었습니다.

약물도 술과 마찬가지로, 아니, 그 이상으로 혐오스럽고 불결한 것임을 절실히 깨달았을 때는 이미 완전한 중독 환자가 되어 있었습니다. 진정으로, 부끄러움을 모르는 극한 상태였습니다. 저는 그 약을 얻기 위해서 다시 춘화 복제를 시작했고, 그 약국의 부인과 말 그대로 추한 관계까지 맺었습니다.

'죽고 싶다, 차라리 죽고 싶다. 이제는 되돌릴 수 없다, 어떤 짓을 해도, 무엇을 해도, 결국 망칠 뿐이다. 치욕 위에 치욕을 더할 뿐이다. 자전거로 아오바 폭포에 가는 건 나 같은 사람에게는 바랄 수 없는 일이다. 그저 더럽고 비열한 죄가 쌓여서 고통은 커지고 강렬해질 뿐이다. 죽고 싶다, 죽어야 한다. 살아 있는 것 자체가 죄의 근원이다.'

그렇게 골똘히 생각을 하면서도, 결국 반쯤 미친 모습으로 연립주택과 약국 사이를 오가기만 할 뿐이었습니다.

아무리 일을 많이 해도, 약의 사용량이 그에 따라 늘어나면서 약값 빚이 무서울 정도로 불어났습니다. 부인은 제 얼굴만 봐도 눈에 눈물을 머금었고, 저도 눈물을 흘렸습니다.

지옥.

이 지옥에서 벗어나기 위한 마지막 수단. 이것이 실패한다면, 이제는 목을 매는 것밖에 없다고 할 정도로, 신의 존재를 걸 만큼의 결의로 저는 고향의 아버지께 긴 편지를 써서, 저의 현재 상황 전부를(여자 문제는 차마 쓸 수 없었지만) 고백하기로 했습니다.

하지만 결과는 오히려 더 나빠져서, 아무리 기다려도 답장은 없었습니다. 저는 그 초조함과 불안 때문에 오히려 복용하는 약의 양을 더 늘려버렸습니다.

오늘 밤 열 대를 한꺼번에 주사하고, 스미다강으로 뛰어들자고, 남몰래 각오를 다졌던 그날 오후, 넙치가 악마의 촉으로 냄새를 맡은 것인지 호리키를 데리고 나타났습니다.

"너, 각혈했다면서?"

호리키는 제 앞에 책상다리를 하고 앉아 그렇게 말하고, 지금까지 본 적 없는 다정한 미소를 지었습니다. 그 다정한 미소가 고맙고 기뻐서 저는 그만 고개를 돌려 눈물을 흘렸습니다. 그리고 그의 그 다정한 미소 하나로 저는 완전히 깨지고 매장되어 버렸습니다.

저는 자동차에 실렸습니다. 어쨌든 입원해야 한다, 나머지는 자신들에게 맡기라고 넙치도 차분한 어조로(그것은 자비롭다고 표현하고 싶을 정도로 조용한 어조였습니다) 저에게 권했습니다. 저는 의지도 판단도 아무것도 없는 사람처럼 그저 훌쩍훌쩍 울면서 시키는 대로 두 사람의 말에 따랐습니다. 요시코도 포함해서 네 사람, 우리는 꽤 오랫동안 자동차 안에서 흔들리다가 주위가 어둑어둑해졌을 무렵 숲속의 큰 병원 현관 앞에 도착했습니다.

결핵 요양소인 줄로만 알았습니다.

저는 젊은 의사에게 꽤나 온화하고 정중한 진찰을 받았고, 그 후 의사는,

"뭐, 잠시 여기서 쉬면서 회복해 봅시다."

수줍은 듯 미소를 지으며 그렇게 말했고, 넙치

와 호리키와 요시코는 저를 혼자 두고 돌아가기로 했습니다. 요시코는 갈아입을 옷가지가 들어 있는 보따리를 저에게 건네주고는 말없이 오비 사이에서 주사기와 쓰고 남은 그 약품을 내밀었습니다. 역시 강장제라고만 생각하고 있었던 것일까요.

“아니, 이젠 필요 없어.”

정말로 신기한 일이었습니다. 누군가로부터 권유를 받고 그것을 거부한 것은 제 평생 그때가 유일했다고 해도 과언이 아닐 정도입니다. 저의 불행은 거부하는 능력이 없는 자의 불행이었습니다. 권유를 받고 거부하면 상대와 저의 마음에 모두 영원히 고칠 수 없는 균열이 생길 것 같아 겁먹었었습니다. 하지만 저는 그때 그렇게 반쯤 미쳐서 찾던 모르핀을 실로 지연스럽게 거부했습니다. 요시코의 소위 ‘신과 같은 무지’에 총 맞은 것처럼 충격을 받은 걸까요? 저는 그 순간 이미 중독에서 벗어났던 것은 아닐까요?

하지만 저는 곧바로 수줍은 미소를 짓는 젊은 의사의 안내를 받아 어느 병동에 들어갔고, 찰칵 하고 자물쇠가 걸렸습니다. 정신병원이었습니다.

여자가 없는 곳에 간다고 했던, 그 디알을 삼켰을 때의 어리석은 헛소리가 정말로 기묘하게 실현된 셈이었습니다. 그 병동에는 남자 미치광이들뿐이었고, 간호사도 남자였고, 여자는 한 명도 없었습니다.

이제 저는 죄인이 아니라 미치광이였습니다. 아니요, 저는 결코 미쳐 있지 않았습니다. 한순간도 미친 적이 없습니다. 하지만 아, 미치광이는 대개 자신에 대해 미치지 않았다고 말한다고 합니다. 즉, 이 병원에 넣어진 사람은 미치광이, 넣어지지 않은 사람은 정상인인 모양입니다.

신에게 묻는다. 무저항은 죄인가?

호리키의 그 이상하고 아름다운 미소에 저는 울었고, 판단도 저항도 잊고 자동차를 탔고, 이곳으로 끌려와 미치광이가 되었습니다. 지금 이

곳에서 나가도 저는 역시 미치광이, 아니, 폐인
이라는 낙인이 이마에 찍히겠지요.

인간 실격.

이제 저는 완전히 인간이 아니게 되었습니다.

이곳에 온 것은 초여름 무렵으로, 쇠창살 창
문을 통해 병원 마당의 작은 연못에 붉은 수련이
피어 있는 것을 봤었는데, 그로부터 석 달이 지
나 정원에 코스모스가 피기 시작했습니다. 뜻밖
에 고향의 큰형이 넙치를 데리고 나타나서 저를
병원에서 꺼내주면서, 아버지가 지난달 말에 위
궤양으로 돌아가셨다는 사실을 알려주었습니
다. 우리는 이제 너의 과거는 묻지 않겠다, 생활
에 대한 걱정도 시키지 않을 작정이다, 아무것노
하지 않아도 된다, 그 대신 여러 가지로 미련이
남겠지만 바로 도쿄를 떠나 시골에서 요양 생활
을 시작해 달라, 네가 도쿄에서 저지른 일의 뒤
처리는 시부타가 대충 해줬을 테니 그건 신경 쓰
지 않아도 된다, 라고 평소의 고지식하고 긴장한

듯한 말투로 말하는 것이었습니다.

고향의 산천이 눈앞에 보이는 것 같은 기분이 들어, 저는 희미하게 고개를 끄덕였습니다.

그야말로 폐인.

아버지가 돌아가셨다는 사실을 알고 나서, 저는 끝내 얼이 빠졌습니다. 이제 더는 아버지가 없다니, 제 가슴속에서 한시도 떠나지 않았던 그 그립고 두려운 존재가 이제 더는 없다니, 제 고뇌의 항아리가 텅 비어버린 것 같은 기분이었습니다. 그 항아리가 너무나 무거웠던 것은 아버지 때문이 아닐까 하는 생각이 들 정도로 텅 비었습니다. 마치 긴장이 풀린 것 같았습니다. 고뇌할 능력조차 잃었습니다.

큰형은 저에게 약속한 대로 정확하게 일을 진행했습니다. 제가 태어나 자란 마을에서 기차로 너덧 시간 남쪽으로 내려가면 도호쿠 지방에서는 보기 드문 따뜻한 해변 온천지가 있었습니다. 그 마을 변두리에 방은 다섯 개나 있지만, 꽤 오래되었는지 벽은 허물어지고 기둥은 벌레 먹어 거의 수리할 길이 없을 정도로 누추해진 집을 사들여 제게 주었고, 예순에 가까운 끔찍한 붉은 머리의 못생긴 하녀를 한 명 붙여 주었습니다.

그로부터 3년이 조금 지나는 동안, 저는 그 테츠라는 늙은 하녀에게 여러 번 이상한 짓을 당했고, 이따금 부부 싸움 비슷한 것을 했으며, 가슴의 병은 일진일퇴, 살이 빠지기도 하고 찌기도 하고, 피가 섞인 가래가 나오기도 했습니다. 어제 테츠에게 칼모틴을 사오라고 마을 약방에 심부름을 시켰더니, 평소와는 상자 모양이 다른 칼모틴을 사왔습니다. 저는 별로 신경 쓰지 않고 자기 전에 열 알을 먹었는데도 전혀 잠이 오지 않아서 이상하다고 생각하고 있는 사이에, 속이 이상해져서. 서둘러 변소에 갔더니 심한 설사가 나왔고, 거기서 끝나지 않고 세 번이나 변소를 더 오갔습니다. 하도 미심쩍어서 약을 자세히 보니 그것은 헤노모틴*이라는 설사약이었습니다.

저는 반듯이 누워 배에 보온 물주머니를 올려놓고, 테츠에게 잔소리를 해주자고 생각했습니다.

"너, 이건 칼모틴이 아니야. 헤노모틴이라고."

하고 말하다가, 우후후후 웃어버렸습니다. '폐인'은, 아무래도 이건, 희극 명사인 것 같습니다. 잠을 자려고 설사약을 먹고, 게다가 그 설사약의 이름은 헤노모틴.

지금은 저에게 행복도 불행도 없습니다.

그저 모든 것은 지나갑니다.

제가 지금까지 아비규환으로 살아온 이른바 '인간'의 세계에서, 단 한 가지, 진리로 생각되는 것은 그것뿐이었습니다.

그저 모든 것은 지나갑니다.

저는 올해 스물일곱이 됩니다. 흰머리가 눈에

---

* '헤노모틴'이라는 말은 실제 약명인 칼모틴에 대응해서 저자가 만든 말로 일본어로 '헤(屁)'는 방귀, '노(の)'는 '의'라는 조사를 뜻한다. 따라서 헤노모틴은 '방귀의 모틴'이 된다.

띠게 늘었기 때문에 대부분의 사람들이 마흔 이
상으로 봅니다.

후기

이 수기를 쓴 광인을 나는 직접 알지는 못한
다. 하지만 이 수기에 나오는 교바시의 스탠드바
마담이라고 생각되는 인물을 나는 좀 알고 있다.
왜소하고 얼굴색이 어두운, 눈은 가늘게 치켜 올
라가고 콧대는 높은, 미인이라기보다는 미청년
이라고 하는 편이 좋을 정도로 단단한 느낌을 주
는 사람이었다. 이 수기에는 아무래도 쇼와 5년
에서 7년쯤(1930~1932년) 사이의 도쿄 풍경이 주
로 담겨 있는 것 같은데, 내가 그 교바시의 스탠

드바에 친구를 따라 두세 번 들러 하이볼 등을 마신 것은 일본 '군부'가 슬슬 노골적으로 날뛰기 시작한 쇼와 10년(1935년) 전후의 일이었으니까, 이 수기를 쓴 남자는 만나볼 수 없었던 거다.

그런데 올해 2월, 나는 치바현 후나바시시(市)에 피난 가 있는 어느 친구를 찾아갔다가 이 수기를 손에 넣게 되었다. 그 친구는 나의 대학 시절의 이른바 학우로, 지금은 모 여대의 강사로 일하고 있는데, 실은 이 친구에게 우리 집안사람의 혼담을 부탁해 둔 터라, 우리 집 식구들이 먹을 신선한 해산물이라도 사올 겸 하여 배낭을 메고 그가 있는 후나바시시로 갔던 것이었다.

후나바시시는 진흙 개펄에 면한 꽤 큰 도시였다. 피난 와서 살고 있는 그 친구의 거처는 고장 사람에게 주소를 보이며 물어도 좀처럼 찾을 수가 없었다. 추운 데다 배낭을 멘 어깨가 아파 나는 레코드의 바이올린 소리에 이끌려 어느 다방 문을 밀었다.

그곳의 마담을 본 기억이 있어 물어보니, 바로 10년 전의 그 교바시의 작은 바에서 본 마담이었다. 마담도 나를 곧 기억해 내서 서로 과장되게 놀라고, 웃고, 이럴 때의 상투적인 대화, 공습으로 모든 게 불에 타서 사라져 버렸다는 서로의 경험을 자못 자랑스럽게 이야기하고,

"당신은 하지만 변하지 않았어요."

"아니요, 이젠 할머닌걸요. 몸이 삐걱거려요. 당신이야말로 젊네요."

"애가 벌써 셋이나 있어요. 오늘은 그 녀석들을 위해 장을 좀 보려고."

이렇게 오랜만에 만난 사람들끼리의 상투적인 대화를 나누는 사이에, 두 사람이 공통으로 아는 지인의 그 후의 소식도 화제에 올랐다. 그러다가 문득 마담이 어조를 고쳐, 당신은 요짱을 알았었나요, 하고 말한다. 모른다고 대답하자 마담은 안쪽으로 가서 노트 세 권과 세 장의 사진을 들고 와서 내게 건네며 말했다.

"뭐 좀 소설의 재료가 될지도 모르겠네요."

나는 다른 사람이 들이미는 재료로는 글을 쓸 수 없는 성격이라, 그것을 그 자리에서 당장 돌려줄까 했지만, (세 장의 사진, 그 기괴함에 대해서는 서문에도 써두었다) 그 사진에 마음이 끌려서, 어쨌든 노트를 맡기로 하고 돌아오는 길에 다시 여기에 들르겠다고 했다. 그리고 무슨 동 몇 번지의 누구누구라는, 여대 선생님을 하고 있는 사람의 집을 모르냐고 물었더니, 역시 피난 온 사람들끼리라 서로 알고 있었다. 가끔 이 다방에도 온다고 한다. 바로 근처였다.

그날 밤, 친구와 술 몇 잔을 나눠 마시고, 그 집에 묵기로 했다. 나는 아침까지 한숨도 못 자고 그 노트를 읽어 내려갔다.

그 수기에 적혀 있는 것은 옛날이야기이긴 했지만, 현대인들이 읽어도 상당히 흥미로울 것 같아서 섣불리 내 붓을 보태지 말고 그대로 어느 잡지사에 부탁해서 출간하자고 마음먹었다.

아이들에게 선물해 줄 해산물은 건어물뿐. 나는 배낭을 메고 친구에게 작별 인사를 하고, 그 다방에 들러,

"어제는 참 고마웠습니다. 그런데……"

하고 바로 이어서,

"이 노트는 잠시 빌려 가도 되겠습니까?"

"네, 그러세요."

"이 사람은 아직 살아 있습니까?"

"글쎄요, 거기에 대해서는 전혀 모르겠어요. 10년쯤 전에 교바시의 가게 앞으로 그 노트와 사진이 든 소포가 왔어요. 보낸 사람은 분명히 요짱일 텐데, 그 소포에는 요짱의 주소도, 이름조차도 적혀 있지 않았어요. 공습 때 다른 것에 뒤섞였는데, 거 참 신기하게도 멀쩡하게 남아서. 나는 얼마 전에 처음으로 다 읽어보고……"

"울었어요?"

"아뇨, 울었다기보다, ……소용없는 거죠, 사람도 그렇게 되면 정말 끝이지."

"그로부터 십 년, 그렇다면 벌써 죽었을지도 모르지요. 이건 당신에 대한 감사의 뜻으로 보냈나 보네요. 다소 과장해서 쓴 것 같은 부분도 있지만, 당신도 꽤 힘들었겠어요. 만약 이것이 모두 사실이라면, 그리고 내가 이 사람의 친구였다면, 역시 정신병원에 데려가고 싶었을 거 같아요."

"그 사람의 아버지가 나쁜 거예요."

마담이 무심코 그렇게 말했다.

"우리가 알고 있는 요짱은 무척 순수하고 재치 있고, 술만 마시지 않으면, 아니, 마셨을 때라도 …… 하느님처럼 착한 아이였어요."

다자이 오사무의 《인간 실격》을 번역하는 동안 나는 한 작품이 가진 분위기와 감정, 그리고 그 작품이 태어난 시대와 언어의 차이가 얼마나 복잡하게 얽혀 있는지를 여러 번 느끼게 되었다. 개인적으로 요조라는 인물에 정서적 공감을 느끼기 어려웠던 것은 사실이지만, 번역 과정에서 그의 말투를 따라가다 보면 왜 그가 그렇게 흔들리고 무너져 갔는지 조금이나마 이해하게 되는 순간들이 있었다. 그리고 그 흔들림이 단지 한 사람의 성격이나 잘못에서 비롯된 것이 아니라, 소설이 쓰인 시대와 다자이 오사무의 삶 전체와도 깊이 연결되어 있다는 사실을 계속 확인하게 되었다.

다자이 오사무는 1909년에 태어나 1948년에 생을 마감한 일본의 근대 문학 작가로, 비교적 부유한 가정에서 자랐지만 어린 시절부터 마음을 붙일 곳이 부족했다고 알려져 있다. 젊은 시절부터 문학을 사랑하면서도 현실에서는 계속 방황했고, 가족과의 갈등, 실패, 반복되는 극단적 선택 시도 등이 그의 삶을 뒤흔들었다. 여기에 전쟁과 패전이라는 거대한 시대적 격변이 겹치면서 그는 더욱 삶의 중심을 잃어버렸고, 이러한 삶의 균열은 작품 곳곳에서 드러난다. 그래서 많은 독자들이 《인간 실격》을 단지 소설이 아니라 다자이 자신이 마지막 순간에 남긴 가장 고통스러우면서도 진심 어린 고백처럼 읽는다.

소설의 주인공 요조 역시 어린 시절부터 사람

을 이해하기 어려워했고, 다른 사람에게 맞추기 위해 어릿광대라는 가면을 쓰며 살아갔다. 남들은 그를 밝고 웃기는 사람으로 생각했지만, 사실 요조는 늘 불안하고 어딘가에 자신을 감추고 싶어 했다. 사회와 제대로 연결되지 못한 채 방황이 이어지고, 술과 도피가 쌓여가면서 그는 점점 무너져 버린다. 요조의 나약함과 절망은 한 사람의 문제처럼 보일 수도 있지만, 이 작품이 발표된 시기를 떠올리면 그의 무너짐은 훨씬 더 복합적인 의미를 가진다.

1940년대 후반 일본은 전쟁에서 패배한 뒤 모든 것이 새로 정리되어야 했던 시기였다. 수많은 사람들이 집을 잃고 직장을 잃었고, 사회가 믿고 따르던 규범들까지 흔들렸다. 미래가 불확실하고 삶의 방향을 잡기 어려웠던 시대였기에, 요조가 느꼈던 무력감과 공포는 그 시대를 살아가는 많은 이들의 마음을 대변하는 것처럼 보인다. 그의 타락 역시 시대의 그림자 아래 놓고 보면 개

인적인 파국만이 아니라 전후 일본 사회의 상처
와 혼란의 반영처럼 느껴지기도 한다.

　이런 감정과 시대의 분위기를 한국어 번역 안
에 담아내기 위해서는 우선 일본어와 한국어의
구조적 차이를 고민하지 않을 수 없었다. 일본어
에서는 쉼표가 마침표처럼 문장의 호흡을 끊어
주는 역할을 하기도 하고, 명사 중심의 표현을 통
해 감정을 덩어리처럼 쌓아 올린다. 특히 다자이
오사무는 문장이 길게 흐르는 만연체를 자주 사
용해, 한 문장이 끝날 때까지 감정이 잔잔하게 스
며드는 느낌을 만든다. 이를 한국어로 그대로 옮
기면 문장이 지나치게 늘어지거나 의미가 흐려
지기도 하고, 반대로 문장을 짧게 끊으면 원문의
흐르고 흔들리는 감정이 사라져버린다. 그래서
번역 과정에서는 문장 하나를 옮길 때에도 어디
에서 원문의 리듬을 살리고 어디에서 한국어의
호흡으로 조정해야 할지 여러 번 고민해야 했다.

요조의 고백 장면도 비슷한 어려움을 안겨주었다. 그는 자신의 감정을 크게 드러내지 않으면서도 뒤로 조용히 물러앉는 슬픔을 표현한다. 일본어에서는 이러한 모호한 감정이 은근하게 번져나가도록 구성되어 있지만, 한국어는 보다 분명한 구조를 요구하기 때문에 같은 효과를 내기가 쉽지 않았다. 조금만 단어를 바꿔도 감정이 너무 명확해져 버리고, 반대로 원문의 모호함을 그대로 남기면 문장이 어색해 보이기도 했다. 그래서 번역하는 동안 원문의 섬세함과 한국어의 자연스러움 사이의 적절한 균형을 찾기 위해 여러 차례 문장을 고치며 가장 자연스러운 리듬을 찾으려 했다.

《인간 실격》은 액자식 구성으로 시작되는 점도 흥미롭다. 이름 없는 화자가 요조의 사진을 소개하고, 그 뒤 이어지는 요조의 수기 속에서 그의 삶이 펼쳐진다. 이런 구성은 처음부터 요조가 이미 이 세상과 어느 정도 거리를 둔 사람이라는 느낌을 준다. 요조의 이야기가 그 스스로의 목소리로만 전해지는 것이 아니라, 외부 화자의 손을 거쳐 '발견된 기록'처럼 제시되기 때문에 독자는 자연스럽게 이야기와 일정한 거리를 유지하게 된다. 이 거리감은 요조가 남긴 고백을 무조건적으로 받아들이기보다, 그가 얼마나 자신의 내면을 정확히 말하고 있는가, 혹은 무엇을 숨기고 있는가를 계속 의심하게 만드는 효과를 낳는다. 즉, 액자 바깥의 화자와 액자 안의 요조 사이에 생기는 미묘한 틈이 독자로 하여금 이야기의 진실성을 스스로 점검하게 만드는 장치로 기능한다.

이 구조 덕분에 독자는 요조의 이야기를 단순한 회상이나 고백이 아니라, 이미 닫혀버린 인생에서 남겨진 기록처럼 받아들이게 된다. 그의 수기가 '발견된 문서'라는 형태로 제시될 때 생겨나는 비극적 분위기―이미 결과가 정해진 삶을 뒤

늦게 들여다보는 느낌—역시 액자식 구성의 중요한 효과다. 요조의 몰락과 절망은 독자가 처음부터 알고 있는 어떤 파국의 그림자처럼 읽히며, 이는 작품 전체에 운명적이고 되돌릴 수 없는 무게를 드리운다.

개인적으로 이 소설이 특별히 마음에 깊게 남는 작품이라고는 말하기 어렵지만, 번역을 하는 동안 나는 요조의 이야기 속에서 한 시대와 한 인간이 서로를 닮아가며 무너져 가는 과정을 읽을 수 있었다. 그의 나약함이나 도피가 꼭 나쁘게만 보이지 않았던 이유도, 아마 그런 시대의 분위기 속에 놓여 있기 때문일 것이다. 인간이 사회 속에서 어떤 방식으로 고립될 수 있는지, 그리고 시대의 상처가 개인의 마음에 어떤 흔적을 남기는지 조금 더 생각해 볼 수 있었다.

번역은 결국 작품과 독자 사이에 다리를 놓는 일이라고 믿는다. 원문의 분위기와 한국어의 자연스러움이 완벽히 일치할 수는 없겠지만, 원문의 리듬과 한국어의 자연스러운 문맥을 조화시켜 최대한 흔들리지 않는 다리를 놓기 위해 고민한 시간들은 분명 의미가 있다고 느낀다. 이 번역본이 독자들에게 요조의 삶뿐 아니라 그를 둘러싼 시대의 공포와 공기까지 조금이라도 전할 수 있다면, 그걸로 이 작업은 충분히 가치 있는 경험이 될 것이다.

2026년
서혜영

실존과 경계 시리즈 09

인간 실격

초판 1쇄 발행 2026년 3월 20일

지은이 다자이 오사무
옮긴이 서혜영

펴낸이 이혜경
기획·관리 김혜림
편집 변묘정, 박은서
디자인 이소정
마케팅 양예린

펴낸곳 니케북스
출판등록 2014년 4월 7일 제300-2014-102호
주소 서울시 종로구 새문안로 92 광화문 오피시아 1717호
전화 (02) 735-9515
팩스 (02) 6499-9518
전자우편 nikebooks@naver.com
블로그 blog.naver.com/nikebooks
페이스북 facebook.com/nikebooks
인스타그램 (니케북스) @nike_books
　　　　　　 (니케주니어) @nikebooks_junior

ⓒ 니케북스 2026

ISBN 979-11-94706-29-8 02830

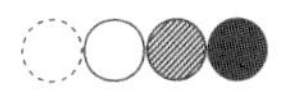

서혜영

서강대학교 국어국문학과를 졸업하고 한양대학교 일어일문학과 박사 과정을 마쳤다. 현재 전문 일한 번역가 및 통역가로 활동 중이다. 역서로는 《태양은 움직이지 않는다》, 《하자키 목련 빌라의 살인》, 《밤은 짧아 걸어 아가씨야》, 《거울 속 외딴 섬》, 《보리밟기 쿠체》, 《반딧불이의 무덤》, 《매리지 블루》, 《명탐정 홈즈걸의 책장》, 《명탐정 홈즈걸의 사라진 원고지》, 《비 그친 오후의 헌책방》, 《수화로 말해요》, 《소리나는 모래 위를 걷는 개》, 《하노이의 탑》, 《열심히 하지 않습니다》 등이 있다.